Object Lessons 3   패스워드

PASSWORD

by Martin Paul Eve

First published 2016 by Bloomsbury Academic,
an imprint of Bloomsbury Publishing Inc.,
New York, as part of the Object Lessons
series, a book series about the hidden lives of
ordinary things. Copyright © Martin Paul Eve,
2016. Korean translation copyright © Wonhee
Choi, 2017. All rights reserved. This translation
published by arrangement with Bloomsbury
Publishing Inc., New York, through Shinwon
Agency Co., Seoul.

패스워드

1판 1쇄 2017년 9월 15일 펴냄
1판 2쇄 2017년 10월 31일 펴냄

지은이 마틴 폴 이브. 옮긴이 최원희. 펴낸곳 플레
이타임. 펴낸이 김효진. 제작 인타임.

플레이타임. 출판등록 2016년 4월 20일 제2016-
000014호. 주소 서울시 양천구 신정이펜1로 51,
410동 101호. 전화 02-6085-1604. 팩스 02-6455-
1604. 이메일 luciole.book@gmail.com. 플레이
타임은 리시올 출판사의 문학·에세이 브랜드입
니다.

ISBN 979-11-961660-2-1 04800
ISBN 979-11-961660-0-7 (세트)

패스워드

———

마틴 폴 이브 지음
최원희 옮김

PLAY
TIME

헬렌에게

echo "U2FsdGVkX1/HPZfS0ZjSQAVikQ7iyPB79Vy
M3FoZASc+bw92R8K4izi6ayLe/OOp" |

openssl enc -d -aes-256-cbc -a -salt

이 책의 지은이 인세 전액은
영국 관절염 연구 재단에 기부됩니다.◊

◊ 지은이가 헬렌에게 남긴 메시지는 대칭식 암호화 알고리즘인 AES 256
으로 암호화되어 있다. 이를 복호화하려면 지은이가 사전에 생성하고
헬렌에게만 알려 주었을 패스워드를 알아내야 한다. '두 번째 경로'에
대한 자세한 내용은 이 책의 「서론」에서 다루어진다.

차례

일러두기

1. 원서의 주는 후주로 처리했으며 본문의 각주는
   모두 옮긴이 주입니다. 본문에서 옮긴이가 첨가
   한 내용은 대괄호([ ])로 묶어 표시했습니다.

2. 단행본, 신문, 잡지 등에는 겹낫표(『 』)를, 단편,
   영화, 텔레비전 프로그램 등에는 낫표(「 」)를 사
   용했습니다.

Object Lessons 3

패스워드

패스워드와 그 한계

고대 크레타 신화에는 복잡한 미로 안으로 들어가 흉포한 반인반수 괴물 미노타우로스를 물리치는 영웅 테세우스의 이야기가 나온다(미노타우로스에게는 다소 억울한 이야기다). 크레타 왕 미노스는 아들 안드로게오스의 죽음에 복수하고자 아테네의 젊은 남녀 열네 명을 미로 속 미노타우로스의 먹잇감으로 바치도록 했다.[◊] 이 미로는 너무 복잡해 이를 설계한 다이달로스조차 간신히 빠져나올 수 있었다고 알려졌다. 미로의 위험성을 잘 알고 있던 테세우스는 자신이 지나가는 경로를 따라 한 뭉치의 실타래를 풀어 놓음으로써 미노타우로스를 죽인 뒤 자기가 왔던 길로 되돌아 빠져나갈 수 있었다.

　미로는 극적인 행동을 이끌어 낸다는 점에서 신화의 구성 장치로 안성맞춤이다. 미로의 존재 자체가 피할 수 없는 도전을 제기하며, 이야기의 주인공은 그에 따라 길을 찾아 탈출해야 한다. 문학의 기본 원칙에 따라 미로가 주어지면 영웅은

◊　안드로게오스의 죽음에 관해서는 여러 이야기가 존재하는데 역사가 플루타르코스에 따르면 아테네에서 열린 운동 경기에 참가했다가 그의 승리를 시샘한 경쟁자들의 매복 공격에 살해된 것으로 추측된다.

<그림 1> 스웨덴의 백과사전인
『북구 가족 사전』*Nordisk familjebok*에 실린 세바스티안 아세구라도의 미로 1

그것을 풀어 내야 한다. 이와 같이 미로의 질문과 그에 대한 응답을 통해 '모험하는 영웅'이라는 주체적 지위가 만들어지며, 따라서 미로는 영웅을 탄생시키는 일종의 구성 장치라 볼 수 있다. 또한 미로는 작가들에게도 유용한데, 이 도전에 응답하는 개인들을 모호함 없이 분류할 수 있기 때문이다. 보통 미로의 역경을 이겨 내지 못한 자들을 먼저 묘사하고 주인공을 이를 극복하는 영웅으로 그림으로써 그의 성공과 비상함에 정당성을 부여하는 식이다. 한편 호르헤 루이스 보르헤스, 알랭 로브-그리예, 케이트 모스 같은 재기 넘치는 20세기 작가들—이 세 사람은 모두 제목에 '미로'라는 단어가 들어간 작품을 집필한 바 있다—은 미로라는 개념을 문학 그 자체를 비추는 거울로 활용하기도 했다.

이 신화에서 미로는 미노타우로스와 인신 공양의 희생자들은 남겨 두고 설계자인 다이달로스 단 한 명만이 빠져나올 수 있게 하려는 의도로 만들어졌다. 즉 이 미로는 그 구조에 대한 정보를 바탕으로 어느 개인의 고유한 신원을 인증하는 하나의 공간 통제 메커니즘이라 할 수 있다. 이 점을 고려할 때 테세우스라는 영웅이 출현할 수 있으려면 미로가 목적 달성에 실패해야 했(고 실제로 실패했)다. 다이달로스를 제외한 모두에게 이 미로는 말 그대로 죽음의 덫으로 여겨졌지만, 테세우스는 이 미로가 가진 대칭적인 구조, 즉 들어갔던 길로 나올 수 있다는 사실을 이용해 미로를 무력화하는 데 성공한다. 이처럼 우리의 영웅은 공간에 대한 정보에 기반해 개인을 식별하는 미로가 가진 결함을 간파함으로써 탈출이 불가능해 보였던 미로의 역경을 극복한 것이다.

오랜 세월을 거쳐 오늘날까지 회자되며 크레타섬의 관광산업에도 큰 도움이 되고 있는 테세우스 신화의 미로는 우리에게 이미 익숙한 또 다른 무언가와 매우 유사해 보인다. 정보에 기반해 신원을 인증하며 성공적으로 길을 찾음으로써 올바르게 대응할 수 있다는 점에서 미로는 패스워드라 불리는 특수한 통제 시스템과 닮아 있다. 그리고 테세우스는 오늘날로 치자면 패스워드를 무력화한 해커 혹은 크래커cracker◇라 할 수 있다.

• • • • ‒

또 다른 이야기를 보자. 21세기 초 영국 국적의 한 남자가 밤늦게 컴퓨터 앞에 앉아 있다. 그의 이름은 게리 매키넌, 외계

◇ 크래커는 사전적으로 '깨뜨리는 자'를 뜻한다. 보다 가치중립적이고 광범위한 의미로 쓰이는 해커에 비해 '단순히 패스워드를 알아맞히거나 악의를 가지고 보안 시스템을 무력화시키는 자'라는 다소 부정적인 의미로 사용된다.

생물체가 존재한다는 증거를 미국 정부가 은폐하고 있다는 음모론에 사로잡혀 있다. 앞에 놓인 스크린의 패스워드 입력 프롬프트에는 우리에게 친숙한 '····_' 커서가 깜빡이고 있다. 미군 컴퓨터에 원격으로 접속을 시도하고 있는 것이다. 패스워드가 설정되어 있지 않다는 사실을 알고 있는 매키넌은 패스워드를 입력하는 대신 그저 엔터 키를 친다. 그는 몇 주에 걸쳐 주소가 알려진 미군 시스템들을 대대적으로 스캔하고자 스스로 고안한 스크립트를 실행했다. 이는 패스워드가 아예 설정되지 않은 시스템들을 자동적으로 찾아내는 프로그램이었다(텅-후이 후는 불량한 '디지털 위생'digital hygiene에 관한 담론을 통해 이와 같이 부주의한 보안 관행에 경각심을 불러일으킨 바 있다).[1]

테세우스와 마찬가지로 매키넌도 자신을 일종의 영웅으로 여겼고, 신념을 가지고 미국 정부라는 미노타우로스에 맞서 진실을 밝히려 했다. 그에게는 패스워드를 입력하라는 메시지야말로 영웅의 지위를 부여하는 역경이었으며, 정보를 통해 자신의 가치를 입증하고 접근 권한을 얻게 해 줄 거부할 수 없는 유혹이었다. 또 테세우스가 기지를 발휘해 우회적인 방법으로 미로에서 빠져나올 수 있었듯 매키넌 역시 사전에 공유된 비밀을 알지 못하는 상태에서 원하는 목적을 이루었다. 그가 한 일이라고는 그저 누군가가 부주의하게 문을 잠그지 않았기를 바라면서 모든 문을 열어 본 것뿐이다(그리고 그의 바람은 적중했다).

시공간은 많이 떨어져 있지만 두 이야기는 공통된 서사 구조를 보유하고 있다. 어떤 질문과 그에 대한 응답이라는 형식을 갖추었다는 점, 정보를 기반으로 개인을 식별하는 다양한 플랫폼이 무력화되었다는 점 등이 그러하다. 매키넌의 해킹 사례와 마찬가지로 테세우스 신화의 미로는 다양한 시대 다양한 문화권에서 늘 아군과 적군을 구별할 필요가 있었으며, 보통 정보를 통제함으로써 이러한 필요를 충족시켰다는 사실을 보여 주는 가장 적당한 사례 중 하나다. 실제로 '패스워드' 같은 메커니즘은 고대 로마와 그리스부터 우리에게 매우 친숙한 오늘날의 인증 시스템에 이르기까지 시공간을 초월해 존재해 왔다. 또한 미로라는 사례가 보여 주듯 역사상의 패스워드들은 한 가지 형태로만 존재하지 않았으며(이런 점에서 패스'워드'는 부적절한 명칭이다) 앞으로도 계속 진화할 것이다. 런던의 버스에 부착된 마이크로소프트사의 광고에는 '당신의 얼굴이 곧 패스워드입니다'라는 문구도 있지 않은가. 그러나 우리는 정보를 기반으로 개인들을 구별하는 도구에 불과한 패스워드를 누군가를 식별하는 문제의 자연스럽고도 확실한 해법으로 받아들이는 경향이 있다. 누군가의 패스워드가 노출되었을 때 그의 신원이 '절도'되었다고 눈 하나 깜짝하지 않고 얘기할 수 있을 만큼 누군가의 신원을 확인하기 위한 도구로서의 패스워드가 우리 삶에 깊이 배어 있다는 점만 보아도 그렇다.

그러나 패스워드는 자연스럽지도 확실하지도 단순하지도 않다. 패스워드는 종교사, 신화, 마법과 판타지 문학, 신체, 주체성·자아의 문제들과 끊임없이 영향을 주고받은 복잡한 사회적 집합체이다. 우리는 패스워드를 통해 점점 더 계량화되어 가는 우리 시대의 근본적인 문제 하나를 들여다볼 수 있다. 누군가의 '신원'identity에 대해 말한다는 것은 과연 어떤 의미인가?

• • • • _

다른 사람의 신원을 확인해야 하는 상황을 상상해 보자.

여러 방법이 떠오를 것이다. 그 사람을 알고 있고 대면할 수 있는 상황이라면 눈으로 직접 보고 확인할 수 있을 것이며, 대면이 힘들다면 말을 시켜 목소리로 식별할 수 있을 것이다. 정부와 같이 권력과 예산을 확보한 기관들은 정교한 신분증을 이용하는데, 이는 국가가 고유하게 관리하는 가족 관계 정보에 연결되어 있고 쉽게 조작하기 힘든 사진이나 생체 정보와 연동된다. 그러나 그만한 힘과 예산이 없고, 인증 대상과 멀리 떨어져 있으며, 심지어는 그 사람을 개인적으로 알지도 못한다면 사전에 공유된 정보로 대상을 식별하는 체계, 즉 패스워드를 이용하게 될 것이다.

패스워드를 이용하려면 일반적으로 질문과 응답이라는 두가지 구성 요소가 필요하다. 다른 사람의 신원을 확인하고자 하는 사람이 상대방에게 패스워드를 물어보면 상대방은 자신의 신원을 증명하기 위해 사전에 공유된 정보를 제시한다. 기본적으로 올바른 패스워드로 응답하면 그 사람이 특정한 단어나 구절을 알고 있다는 것이 입증된다. 만약 그 패스워드를 한 사람만 알고 있다면 이 정보로 그의 신원을 식별할 수 있다. 반대로 만약 패스워드가 여러 사람에게 알려져 있다면 신원을 잘못 인증할 가능성이 생긴다.

오늘날 패스워드는 당연지사가 되었다. 일상생활의 일부가 되어 우리 주변 어디에서나 볼 수 있으며, 우리는 패스워드 기술을 이용하는 데 따르는 사소한 불편함 정도는 기꺼이 감수한다. 글로벌 인터넷 시대에 많은 기관이 사용자 신원을 더 잘 인증할 방법을 찾고 있는 한편, 우리는 번거로움에 짜증을 내면서도 우리 자신을 공격으로부터 보호하고 또 다양한 분야에서 타인들을 식별하기 위해 패스워드가 필요하다는 점을 받아들인다.

그러나 패스워드는 결코 완벽하지 않다. 앞서 살펴보았듯 어떤 시스템은 그저 한 뭉치의 실만으로도 무력화될 수 있다. 실제로 방금 내가 제시한 가상의 시나리오는 몇 개의 결함 있는 가정을 포함하고 있다.[2] 첫째 가정은 패스워드를 통해 사람을 식별할 수 있으리라는 것이다. 그러나 고성능 자동화 크래킹이 가능한 세상에서는 패스워드 인증에 응하거나 그 결과 식별된 대상이 사람일 수도 있고 기계일 수도 있다. 21세기의 로봇 청소기 역시 시행착오를 통해서든 소프트웨어적인 처리를 통해서든 테세우스의 미로를 빠져나갈 수 있을 것이다.

둘째 가정은 패스워드를 요구하는 자와 응답하는 자 사이에 비밀의 정보를 주고받을 사전에 마련된 별도의 경로가 있어야 한다는 것이다. 다시 말해 양자는 패스워드를 미리 알고 있어야 하며 의사소통 과정에서 비밀이 노출되어서는 안 된다. 이러한 '두 번째 경로'second channel는 그것이 어떤 형태나 경로를 취하든 당사자들이 사전에 패스워드를 비밀리에 주고받을 수 있어야 한다는 점을 암시한다. 패스워드는 적어도 일대일 경로를 통해서는 사전에 서로를 전혀 알지 못하는 사람들 간의 인증을 제공할 수 없다. 또한 패스워드는 일정 시간이 흐른 후에야 효과를 발휘한다. 말인즉슨 두 번째 경로를 통해 공유된 정보가 비밀리에 전달되기 전에는 패스워드를 사용할 수 없다는 것이다.[3] 이처럼 패스워드는 고유한 시간성을 갖는다.

셋째 가정은 인간이 직접 인증에 임하는 경우 패스워드가 기억될 수 있어야 한다는 것이다.[4] 오늘날에는 '이중 요소 인증'two-factor authentication처럼 패스워드를 외부의 공격에서 보호하고 또 기억력의 한계를 극복할 수 있게 해 주는 기술 진보가 이루어졌으나, 패스워드의 많은 속성은 여전히 인간 기억력의 제약을 받는다. 로마 시대에 아이네이아스 타키투스가 주장했듯이 패스워드는 "기억하기 쉬워야 한다".[5]

넷째 가정은 패스워드는 한 개인의 신원을 인증해야 한다는 것이다. 그러나 역사적으로도 오늘날에도 이 가정은 유효하지 않다. 많은 패스워드가 군대나 잠수함 지휘관 등 개인이 아니라 조직에 부여되는데, 그 탓에 패스워드를 비밀에 부치고 신원 인증의 오류를 감지하기가 어려워진다.

다섯째 가정은 패스워드가 서로를 알고 있는 두 사람 간의 신원 확인에 도움이 될 뿐이라는 것이다. 그러나 패스워드는 본성상 악용될 소지가 있다. 전쟁 상황에서 잘못된 패스워드로 응답하는 자는 이내 적군으로 식별될 것이며 그 결말은 좋지 않을 것이다. 역으로 악의를 품고 패스워드를 요구하는 사기꾼에게 올바른 패스워드로 응답한다면 그 패스워드가 노출될 것이다(예를 들어 내가 패스워드를 이미 알고 있는 것처럼 가장해 여러분에게 올바른 패스워드를 대라고 요구하는 경우,

즉 속임수를 이용해 비밀 정보를 획득하는 경우가 그렇다).

마지막 가정은 어떤 패스워드가 인가되지 않은 사용자에게 노출되어 신원 인증 오류가 발생할 때 그 책임이 인증자, 즉 인증을 하려는 측에 있다는 것이다. 만일 내가 패스워드를 요구했는데 사기꾼이 올바른 패스워드로 응답했다면 나는 그가 인가된 사람이라고 착각하게 될 것이다. 이 가정에는 최근 확연한 변화가 있었다. 20세기 후반에 들어와 많은 기관은 스스로를 보호하기 위한 목적으로 자기들 시스템이 신원을 잘못 인증할 경우 그 책임을 인가된 사용자들에게 전가했다. 현재는 이와 같은 신원 인증 시스템의 오류를 '신원 절도'identity theft라 일컫는다. 이런 절도를 해당 신원의 주인 탓으로 돌리려는 시도가 빈번히 이뤄지고 있는데 이는 대단히 부당하다고 할 수 있다.

이상의 가정들은 오늘날의 신원 인증 시스템들이 지닌 복잡성의 일부에 불과하다. 다소 인위적인 감이 있지만 그럼에도 이 사례들은 패스워드라는 하나의 주제를 놓고도 많은 어려움과 결함 있는 문화적 가정들이 생긴다는 점을 명확히 보여 준다.

• • • • ‒

이 책은 패스워드의 역사와 문화적 맥락, 철학을 다룬다. 이 책은 어떻게 해서 '우리가 아는 것'이 '우리 자신'이 되었는지, 또는 패스워드 기술의 진보에 따라 신원이라는 개념이 어떻게 변천해 왔는지를 살핀다. 패스워드는 우리 삶에 필수 불가결한 수단이다. 패스워드는 우리의 금융을 통제하고, 우리의 통신 체계를 보호하며, 우리가 누구인지를 증명해 준다. 패스워드는 강력한 워드다. 그런데 어느 사람(또는 조직)의 신원과 정보 간의 동일시는 어디서 비롯되었는가? 패스워드의 세계에서 누군가의 '신원이 절도되었다'는 말은 과연 무엇을 의미하는가? 미래의 패스워드는 어떤 모습일 것인가? '신원'이란 도대체 무엇이며 한 개인을 어떻게 정의할 것인가?

패스워드는 다양한 역사 맥락에서 중요한 의미를 지녔다. 예컨대 군대를 보유했던 대다수 사회는 패스워드를 이용해 접근을 통제했다. 이는 고대 로마에서 크게 발전했는데, 두 번째 경로 등 여러 면에서 오늘날의 패스워드와 매우 흡사한 정교한 구호 시스템이 사용되었다. "멈춰라, 거기 누구냐?"Halt, who goes there?라는 유명한 구절은 신원 인증을 위한 질문의 원형에 가깝다. 나아가 패스워드는 문학의 역사 전반에도 등장하는데, 『햄릿』에서 프랜시스코가 버나도에게 "정체를 밝혀라"unfold라고 말하는 대목에서도 볼 수 있으나 주로 마법 주문 형태로 등장한다. 알리바바가 도적 마흔 명의 마법 주문인 "참깨야, 열려라"를 엿듣는 대목부터 비밀성secrecy과 패스워드 개념은 이 유명한 이야기에서 중추 역할을 맡는다. 오늘날의 문학·영화 작품 중에서는 『해리 포터』 7부작이 사전에 공유된 비밀을 통해 숨겨진 영역에의 접근이 허가되는 경우를 상징적으로 보여 주는데, 이 시리즈에서는 학생들이 호그와트의 휴게실에 들어가기 위해 사용하는 보다 전통적인 패스워드도 소재로 사용되며 나아가 마법을 쓰는 데 필요한 삼중 요소(능력, 마법 지팡이, 마법 주문)도 등장한다.

더 최근에는 디지털 암호 기술과 글로벌 통신 시스템이 발달함에 따라 그 어느 때보다 패스워드가 널리 보급되었다. 이 현상은 초창기 컴퓨팅이 "여러 사용자가 각자의 단말기를 통해 접속하고 각자의 사적인 파일들을 갖는" 이른바 시분할 시스템time-sharing system을 기반으로 한 데서 기원한다. 최초의 시분할 운영 체계를 설계한 과학자 중 한 명인 페르난도 코바토는 "각 사용자에게 일종의 잠금장치인 패스워드를 부여하는 것이 아주 당연한 해법이었다"고 말한 바 있다.[6]

이처럼 소설, 영화, 군대, 디지털 시대에 등장하는 패스워드 사례들은 모두 미로와 비슷하다. 누군가를 식별하기 위해 정보를 요구하고 그에 응답하는 것이다. 시대가 바뀌면서 기술적인 변화와 혁신이 이루어지곤 했지만 기본 구조는 계속 반복되고 있다.

그러나 패스워드가 이처럼 널리 사용됨에도 일부 관련 기술자를 제외하고는 패스워드를 깊이 생각하거나 논하는 사람이 거의 없다. "틀림없이 이 메커니즘의 역사적 기원들이 존재했겠지요?"라고 수사적으로 묻는 것을 볼 때, 코바토조차도 자신의 선택이 '당연하고' 확실해 보이도록 해 주는 패스워드의 역사가 있었다고 막연히 추측할 뿐임을 알 수 있다. 시중에 구할 수 있는 패스워드 서적은 대부분 프로그래머를 위한 실용적인 가이드로서 단순히 소프트웨어에 기반한 인증 메커니즘을 구현하거나 무력화하는 방법을 담고 있다. 그리고 이처럼 당장 패스워드 시스템을 구현해야 할 필요성이 이에 대한 철학적이고 이론적인 고찰을 건너뛰게 만들어 버렸다.

그렇다면 과연 패스워드란 무엇인가? 패스워드는 공간(제한된 장소), 정보(제한된 의사소통), 행위(잠수함의 무기 발사와 같은)에 대한 접근을 보호하는 데 쓰이며 때로는 스스로 이들 형태를 취하기도 한다. 예컨대 가장 전통적인 형태의 패스워드는 '어딘가를 통과하기 위해 제시해야 하는 말'pass-word에 대한 정보이다. 하지만 패스워드는 프리메이슨의 비밀 악수법처럼 말이 아닌 특정 방식의 행위, 즉 패스액션pass-action 형태를 취하기도 한다. 마지막으로 다소 논란의 여지가 있지만 패스워드는 패스스페이스pass-space가 될 수도 있다. 첫 부분에서 다루었던 미로는 어떤 공간으로 통하는 비밀 장치이며, 미로를 벗어나려면 그 공간 구조에 대한 정보가 사전에 공유되어야 한다.

앞서 살펴보았듯 미로가 반드시 매우 강력한 패스워드가 되는 것은 아니다. 도전자가 올바른 해법을 유추할 수도 있으며 또 미로의 구조가 가진 보안상의 결함을 간파해 그 도전을 아예 우회할 수도 있기 때문이다. 그런데 사실 다른 유형의 패스워드들 역시 크게 다르지 않다. 오래전 내 동생의 컴퓨터 패스워드가 당시 그 녀석이 푹 빠져 있던 아스널 축구팀과 관계 있으리라고 유추하기란 그리 어려운 일이 아니었으며, 실제로 패스워드는 그 팀에서 뛰던 선수의 이름과 등번호를 합친 'Kanu25'였다. 이는 올바른 해법을 유추하기가 얼마나 쉬운지 잘 보여 주는 사례다. 또 내가 패스워드를 맞추지 못했더라도 시디롬을 이용해 다른 운영 체제를 구동함으로써 결국 시스템에 접근할 수도 있었을 것이다. 테세우스가 미로를 극복할 수 있는 정보를 획득하는 대신 그것을 우회하는 방법을 찾아내 빠져나왔듯 말이다. 하지만 공간적인 맥락에서는 하나의 근본적인 물음이 생겨나는데, 비밀 장소의 위치에 대한 정보 그 자체가 패스워드냐 아니냐라는 질문이 그것이다. 가장 적당한 예는 아마도 미국 금주령 시대 주류 밀매점들이 이용했던 비밀 통로이리라. 비밀 통로의 위치(와 어쩌면 추가 패스워드)에 대한 정보를 패스워드라고 할 수 있을까? 아니면 그건 단지 입구가 어디 있는지에 대한 정보일 뿐인가? 공간이란 분류하기가 매우 까다로운 영역으로, 비밀 장소를 또 다른 유형의 패스워드 시스템으로 볼 수 있을지에는 논란의 여지가 있다. 패스워드 시스템의 정의를 단순히 (질문과 응답이라는 과정에 기반해) 인증 목적으로 어떤 개인들을 제한하고자 하는 공유된 정보로 축약한다면 어떤 공간들은 패스워드로 분류할 수도 있을 것이다.[7]

앞으로 독자들도 알게 되겠지만 나는 넓은 의미의 '패스워드'를 다루고자 한다. 마법 주문, 악수법, 미로, 사람의 몸과 유전자 코드 모두 사전에 공유된 정보나 어떤 물건의 소유에 기반해 누군가를 배제하거나 받아들이는 현상이며, 또 이러한 인공물들을 만들어 내는 암시적이거나 명시적인 질문들을 담고 있다. 이 책에서 우리는 정보나 소유라는 대리 도구를 통해 무언가를 배제하는 모든 사물을, 설사 그것이 '워드'의 형태가 아닐지라도 그 기능이 패스워드와 동일하다면 '패스워드'라 부를 것이다. 그러나 패스워드가 수행하는 역할을 고려하려면 역사 속에서 패스워드가 가장 자주 등장한 맥락을 살필 필요가 있다. 시간이 흐르면서 패스워드가 사용되는 방식에 많은 변화가 있었다. 하지만 많은 패스워드가 적군과 아군을 구별하고 군사적 살상 기술에 대한 접근을 제한하는 데 사용되었기에 우리는 먼저 이 영역을 살펴볼 것이다. 자, 친구라고 말하고 들어오라.◇

◇ 지은이는 J.R.R. 톨킨의 소설 『반지의 제왕』에서 반지 원정대가 두린의 관문을 통과하기 위해 읊었던 주문인 "Speak, friend, and enter"를 이용해 1장을 열고 있다. 이 주문은 2장에도 다시 등장한다.

1
"거기 누구냐?"
군대, 언젠가는 깨질 패스워드

패스워드는 주로 신원을 인증하기 위한 수단으로 인식된다. 전통적으로 패스워드는 어떤 공간, 정보 혹은 행위 능력 등 패스워드 자체보다 큰 가치를 지니는 무언가에 대한 접근을 보호하는 수단이자 시스템의 취약점으로 여겨진다.[1] 그렇지만 기본적으로 패스워드란 공유된 비밀 혹은 신원에 기반한 배제와 관련된 것이다. '비밀'이야말로 패스워드를 논하는 데 있어 가장 중요한 개념이다. 비밀을 유지할 필요가 없다면 패스워드 역시 필요가 없다. 그리고 비밀 자체는 배제라는 개념과 안/밖 이분법에 기초하고 있다. 광신적 종교 집단 같은 경우를 떠올릴 때, 비밀을 알고 있는 자들은 말 그대로 '클럽에 소속된' 셈이다. 그런데 일부 영역은 여러 이유로 다른 영역보다 배타적이며, 정도의 차이는 있지만 인류 역사를 통틀어 가장 비밀이 강조된 영역 가운데 하나는 바로 군대 조직이다.

군대는 수 세기에 걸쳐 다양한 목적으로 패스워드를 사용해 왔다. 오늘날의 군사 시설들은 민간인이 취득해서는 안 되는 무기들을 안전하게 보호하고자 복잡한 신원 확인 시스템을 활용한다. 마찬가지로 오늘날의 군사용 컴퓨터 시스템들은 패스워드 기반의 보호 메커니즘에 의지해 기밀 정보나 행위에 대한 허가되지 않은 접근을 막고 있다.[2] 인류 역사에 걸쳐 점점 복잡하게 진화해 온 이러한 기술들은 군대 생활의 일부가 되었다. 진정 패스워드는 군사 시스템의 변치 않는 특성으로서, 크게 세 유형의 영역—물리적 영역, 정보 영역, 행위 영역—에 대한 보호 장치로 분류될 수 있다.

군대, 전통 문명 그리고 패스워드

역사상 모든 사회에 군대가 존재했던 것은 아니다. 예컨대 에게해의 고대 미노아 문명에 군대가 없었다는 것은 최근 들어 재연구가 이루어지기 전까지 오랫동안 정설로 받아들여졌으며,[3] 마찬가지로 채텀제도의 모리오리족도 매우 평화로운 사회를 이루고 살았다는 증거가 많이 남아 있다(그래서 결국에는 뉴질랜드의 마오리족에게 학살당하고 말았지만).[4] 물론 평화주의적이거나 비군사적인 사회라고 해서 패스워드를 사용하지 않았다는 것은 아니다. 디지털 시대인 오늘날의 우리 민간인들만 보더라도 패스워드를 사용하지 않는가?

이런 평화주의적인 사회와 대조적으로 모든 집단 생활과 경제 활동이 군대를 중심으로 운용된 사회들도 있었다. 고대 스파르타가 가장 유명한 사례겠지만, 제국주의 시대의 영국, 이른바 군산복합체military-industrial complex를 비판하는 사람들에 따르면 오늘날의 미국 역시 군대 중심 사회다. 사실 21세기에 들어서는 한 국가의 경제성장을 이끄는 정치 시스템과 그 국가가 전쟁에 참여하는 폭력성의 규모 사이에 상관관계가 있음이 기정사실로 여겨지게 되었다. 조너선 하스가 지적했듯 "폭력을 유도하는 경제적·인구학적 상황은 고도의 중앙집권제 역시 유도한다".[5]

패스워드의 핵심 속성인 비밀성은 고도의 중앙집권제 및 조직적인 군사 문명을 수립하는 비결이지만 그에 결정적인 요소는 아니다. 분명 비밀성은 고도의 현대적 정치 시스템을 성공적으로 구현하는 데 반드시 필요할지 몰라도 그것만으로는 충분치 않다. 성공을 가늠하는 대부분의 척도로 따져 봤을 때 성적이 좋지 못한 비밀스러운 정권이 많이 존재한다. 하지만 오늘날 민주주의에서 비밀성이 부정부패와 동일시되며 위키리크스 같은 조직들은 자신이 이에 대한 치료제라고 주장함에도 불구하고 "현대 국가들은 거대하고 전문적인 기밀 정보 인프라를 구축했을 뿐 아니라, 첩보 활동, 비밀 작전, 감시, 정보 분류 등 정부와 군대 유지에 필수적인 장치들에 의존하고 있다"는 사실 역시 참이다.[6]

이 논의에서 더 중요한 사실은 '비밀'이 시대에 따라 여러 가지 형태를 띠었으며, 상이한 의미와 정치적 정당성을 지녔다는 점이다. 고대 사회에서 끌어낼 수 있는 가장 유명한 비밀 유형 두 가지는 아르카나 임페리arcana imperii와 세크레툼 secretum이다.[7] 아이네이아스 타키투스의 설명을 빌리면 고대 사회들에는 정보의 통제를 의미하는 아르카나 임페리◇라는 개념이 있었다. 이는 권력자가 그 권위를 손상케 할 사항들에

◇ 이 라틴어 구절의 의미에 대해서는 여러 의견이 분분하지만 대체로 '권력의 비밀' 정도로 이해하면 될 것이다.

대해서는 말하지 않기로 결정하는 경우를 말한다. 이러한 유형의 비밀은 정당화되거나 합법적일 필요가 없었다. 왜냐하면 비밀이 존재한다는 사실 자체가 권력 바깥에 있는 자들에게 알려지지 않았기 때문이다. 반면 오늘날의 비밀성 개념에 훨씬 가까운 세크레툼은 포함과 배제를 위한 시스템이다. 이러한 시스템에서는 비밀에 접근할 수 없는 사람들도 비밀이 존재한다는 사실은 알고 있거나 존재할 것이라고 의심한다. 이는 "의심하는 자와 알고 있으리라 추정되는 자 그리고 알려진 정보와 차단된 정보 간의 관계"를 바탕으로 하는 시스템이다.[8]

패스워드는 이 두 가지 유형의 비밀 모두로 분류될 수 있으나 세크레툼의 경우가 더 일반적이다. 물론 아르카나 형태를 취할 수 없는 것은 아니다. 군대 같은 조직이 접근 통제를 목적으로 일련의 패스워드를 배포하면서 이러한 보안 장치가 있다는 사실 자체를 일반에 알리지 않는 경우가 바로 아르카나 유형이라 할 수 있다. 패스워드가 존재한다는 사실을 알지 못한다면 그 패스워드를 알아내거나 추측할 생각조차 할 수 없을 것이다. 하지만 오늘날에는 패스워드가 매우 일반적으로 사용되기 때문에 대부분의 경우 패스워드는 세크레툼이다. 즉 군사 기밀이나 시설, 시스템에 대한 접근 통제를 목적으로 패스워드가 사용된다는 것을 모두가 알거나 의심하지만, 선택받은 소수만이 그 패스워드가 무엇인지 혹은 어떤 형태를 취하는지 알고 있는 것이다.

이와 같은 두 가지 유형의 패스워드와 이것이 군대 역사에서 가지는 중요성은 고대 로마제국까지 거슬러 올라간다. 아르카나의 한 예로 타키투스가 농성전에 대해 남긴 조언이 있다. 이에 따르면 성을 방어하는 병사들은 서로 멀리 떨어질 경우에 대비해 휘파람으로 의사소통하는 방법을 사전에 마련해야 하는데, 이는 "이 신호를 알지 못하는 사람들을 배제하는 효과적인 방법"이다.[9] 이 예시에서 '패스워드'는 신원을 알리기 위해 사용하는 휘파람이다. 여기까지는 세크레툼이다. 그런데 중요한 것은 적군이 휘파람이 비밀 신호라는 사실조차 알지 못한다면 휘파람을 흉내 내 아군인 척할 수도 없다는 사실이며, 이 지점에서 휘파람은 아르카나의 속성도 띠게 된다. 이처럼 군대의 패스워드 역사는 아르카나와 세크레툼 모두와 밀접하게 연관된다. 뒤에서 다루겠지만 오늘날의 표현을 빌리자면 이 둘은 각각 '설계를 통한 보안'security by design과 '은닉을 통한 보안'security by obscurity에 해당한다고 할 수 있다. 설계를 통한 보안은 세크레툼과 유사하다. 모든 사람이 보안 메커니즘이 존재한다는 사실은 물론이고 그것이 어떤 유형이며 어떻게 작동하는지도 알 수 있다. 하지만 패스워드가 존재한다는 사실을 안다 해도 그 패스워드가 무엇인지 모르면 보안 메커니즘을 무력화할 수 없을 것이다. 반면 은닉을 통한 보안은 아르카나와 비슷하다. 자체만으로는 불충분할 수 있는 이 방식에서는 보안 장치의 유형이나 동작 방식이 외부에 알려지지 않도록 추가적인 보안 계층을 설계해 패스워드 시스템에 적용할 수 있다.

군대에 대한 아이네이아스 타키투스의 설명에 따르면 로마 시대에 이미 세 가지 핵심 영역, 즉 공간적·인식론적·실행적 영역(각각 장소·정보·행위에 관련되는)에 패스워드 보안 시스템이 사용되었다. 공간 영역의 경우는 아날로그식 패스워드 사용의 가장 명확한 사례로, 로마 시대 군대 야영지에서 확립된 야간 경계 시스템과 관련되어 있다. 타키투스는 "전시 상황이나 적군이 도시나 야영지 가까이에 있을 때는 야간 경계가 철저해야 한다"며, "정찰병과 경계병 모두 패스워드를 요구해야 한다"고 주장했다.[10] 이는 매우 합리적인 예방책이지만 식별에 따르는 (이 책 서두에서 가설적으로 제시한) 문제점도 보여 준다. 한 병사가 아군인지 적군인지 식별하는 행위는 그 병사가 지닌 무기의 공격 범위 밖에서 이루어져야 한다 (이는 핵무기나 장거리 무기가 사용될 수 있는 오늘날에는 적용될 수 없는 발상이다). 밤에는 '조명'이라는 제약 사항이 더해졌기 때문에 말로 패스워드를 주고받는 방법만이 적합하고 안전했다. 다시 말해 이 유형의 패스워드는 얼굴이나 목소리를 인식하기 힘든 상황—서로 얼굴과 목소리를 몰라서든, 쌍방 간의 거리 때문이든—에 필요하다.

타키투스는 고대 로마에서 인식론적 영역을 보호하기 위해 사용되었던 패스워드 사례(정보에 대한 접근 통제)도 상당수 제시하는데, 대부분은 암호 기법과 관련되어 있었다. 잘 알려져 있듯 당시 여러 인물이 자신만의 암호 체계를 사용했으며, 가장 유명한 사례는 로마 공화정의 독재자였던 카이사르의 이름을 딴 카이사르 암호Caesar cipher일 것이다.[11] 패스워드가 암호 기법과 관련해 어떤 역할을 했는지 좀 더 살펴보자.

암호 기법은 메시지를 암호화해 제한된 사람들만 읽을 수 있도록 하는 기술이다. 메시지를 누군가가 가로채더라도 암호화된 상태라 읽을 수 없기 때문에 암호 기법은 은닉이 아닌 설계를 통한 보안 체계의 한 사례다. 뒤에서 다룰 비대칭식 암호 기법asymmetric cryptography을 포함해 많은 암호화 시스템에서 수신자는 '키' 역할을 하는 단어나 구문을, 즉 패스워드를 알고 있어야 한다.

하지만 고대 로마와 그리스의 암호 기법에서는 오늘날 우리가 알고 있는 의미의 패스워드를 키로 사용하지 않았다. 카이사르 암호와 스키테일 암호Scytale device(양피지를 감아 암호화와 복호화를 할 수 있도록 한 원통형 장치)의 경우 글자 위치를 지정된 양만큼 이동시키거나(a는 b가 되고 b는 c가 되는 방식) 다음과 같이 한 행에 여러 행의 값을 늘어놓는 방법을 사용한다. 즉

HELLO

THERE

를 아래와 같이 바꾸는 것이다.

HTEHLELROE

이 사례들에서 의도된 수신자들은 어떤 방식으로 암호화가 이루어졌는지 알고 있어야 한다. 메시지를 복호화하고 암호화하는 데 동일한 절차가 사용되므로 이것들은 이른바 대칭식 암호 기법이며, 따라서 모든 수신자는 송신자가 메시지를 어떤 방식으로 암호화했는지 알아야 한다.

어떤 의미에서는 암호화 방법(일종의 실행)에 대한 정보 자체가 '패스워드'라고 할 수 있다. 사전에 공유된 정보 체계에 기반해 접근을 제한한다는 점에서 암호화 방법에 대한 정보의 제한은 패스워드의 속성을 갖고 있는 것이다. 암호화의 실행에 대한 정보를 제한하는 것은 또한 '두 번째 경로'라는 문

제가 예부터 패스워드 시스템들의 중심에 있어 왔다는 점도 보여 준다.[12] 타키투스가 기술한 바에 따르면 로마 시대에 비밀 메시지를 보내려면 반드시 "사전에 송신자와 수신자 간에 은밀한 약속이 이루어져야" 했는데 이것이 바로 두 번째 경로인 것이다.[13] 또한 타키투스는 "패스워드와 더불어 당황하지 않고 더 확실하게 아군을 식별하는 방법으로 때때로 신호도 사용된다"며 언어적 패스워드와 결합해 접근 권한을 위한 하나의 일관된 조건을 이루는 비언어적 구성 요소들도 다루었다.[14]

수신자가 사전에 공유된 정보를 알고 있는지 확인해 제한된 영역에 접근할 수 있게 한다는 점에서 암호 기법과 관련된 패스워드는 다른 유형의 패스워드와 차이가 없다. 다만 패스워드를 통해 접근하게 되는 영역이 물리적인 공간이 아니라 인식론적(정보와 관련된)이고 의사소통적인 공간이라는 점이 다를 뿐이다. 이 사례를 통해 우리는 군대 역사에서 패스워드 개념이 타키투스가 정의한 것과 같이 비언어적 형태도 포함하며, 은밀한 방법을 이용한 암호 기법(은닉을 통한 보안) 역시 패스워드의 일종이라는 사실을 알 수 있다.

타키투스가 언급하는 다양한 형태의 스테가노그래피stega-nography 역시 마찬가지다. 스테가노그래피란 메시지를 평범한 곳에 숨겨 둠으로써 은밀하게 의사를 전달하는 방법이다. 간단한 예로 'maybe something somewhat akin to general writing'이라는 문장에서 이탤릭체로 쓰인 글자들만 모으면 'message'가 된다. 타키투스는 고대 로마의 군대에서 사전에 공유된 메시지의 해독 방법(이는 메시지에 대한 수신자의 접근 권한을 증명할 것이다)과 더불어 스테가노그래피 메시지를 전달했던 한 방법에 대해 다음과 같이 설명한다.

어떤 책이나 문서가 다른 짐들에 섞여 포장된다. 이 책에는 첫 몇 줄의 특정한 글자들에 일반 사람들은 신경 쓰지 않을 만큼 아주 작은 점으로 표시가 되어 있다. 이 책이 무사히 목적지에 전달되면 의도된 수신자는 표시된 글자들만을 순서에 따라 추출해 다시 적음으로써 비밀 메시지를 읽을 수 있다.[15]◇

이처럼 패스워드는 다양한 형태를 취할 수 있으며, 특히 다양한 형태의 숨겨진 정보에 대한 접근을 허가해야 하는 상황에서 그렇다.

마지막으로 패스워드는 (특히 군대의 맥락에서) 어떤 행위를 수행할 권한을 부여할 수 있다. 현대전을 묘사한 영화들 덕분에 우리는 잠수함 지휘관들이 핵미사일을 발사할 승인 코드를 요청하는 모습에 친숙하다.[16] 그런데 타키투스가 기술한 로마의 경우에는 옳지 않은 패스워드 역시 특정한 행위를 촉발할 수 있었다. 임브로스의 아테노도루스가 카리데무

◇ 이 인용문의 원문은 다음과 같다. "A book or some other document, of any size and age, was packed in a bundle or other baggage. In this book the message was written by the process of marking certain letters of the first line, or the second, or the third, with tiny dots, practically invisible to all but the man to whom it was sent: then, when the book reached its destination, the recipient transcribed the dotted letters, and placing together in order those in the first line, and so on with the second line and the rest, was able to read the message." 스테가노그래피가 적용되어 있으니 지은이가 독자들에게 남긴 비밀 메시지를 확인해 보기 바란다.

스의 야영지에 잠입을 시도했을 때 "그들은 패스워드 때문에 발각되었다". 잘못된 패스워드로 응답하자마자 "그들 일부는 쫓겨났고 나머지는 입구에서 살육당했다".[17] 이처럼 패스워드를 올바르게 제시했는지 잘못 제시했는지 여부에 따라 상이한 두 대응이 이루어졌다.

에니그마: 복잡도, 계산, 창조와 파괴

그리스 같은 다른 고대 문명과 더불어 고대 로마는 오늘날에도 대체로 유효한 인증 시스템의 기초 원칙들을 발견했다. 시간이 흐르면서 달라진 점이라면 장소·정보·행위에 대한 접근을 위한 시스템들의 보안과 관련된 복잡도와 수학적 계산의 활용도라 하겠다.

인터넷은 전쟁이 기술 발전에 미치는 영향을 가장 잘 보여주는 사례이다. 저명한 과학기술 분야 학자인 재닛 어베이트에 따르면 "민간에서 인터넷을 통제하게 된 이래 그 군사적 기원은 경시되었다.……그러나 인터넷은 대중의 요구에 따라 만들어진 것이 아니며……그보다는 군수품을 효율적으로 조달하는 지휘 체계를 위한 것이었다".[18] 초기의 인터넷('아르파넷'ARPAnet)을 구축하는 데 관여했던 미국의 컴퓨터과학자 레너드 클라인록 역시 "새로운 기술을 제안할 때마다 그것을 군사 시스템에 적용할 방법도 함께 제시해야 했다"고 회고한 바 있다.[19]

군사적 목적 덕분에 기술이 발전하는 이러한 패턴은 전혀 새롭거나 놀라운 것이 아니다. 하나 더 예를 들면 미국항공우

주국National Aeronautics and Space Administration; NASA의 평화적인 우주 비행도 불편한 역사로 얼룩져 있다. 제2차 세계대전이 끝난 후 미국은 자국의 로켓 개발 프로그램을 확장하고자 이른바 '페이퍼클립 작전'Operation Paperclip을 계획해 뛰어난 나치 과학자들을 대거 미국으로 데려왔다. NASA의 초대 국장이었던 베르너 폰 브라운 역시 그러한 과학자였는데, 그에게 이용 가치가 없었다면 아마도 V-2 미사일 프로젝트의 강제 노동과 관련된 전쟁 범죄 혐의로 재판을 받았을 것이다. 폰 브라운을 연결고리로 한 NASA와 V-2의 관계를 두고 "별들을 향해 쏘겠네, 그런데 어쩌다가 가끔씩은 런던을 맞추기도 한다네"라는 농담이 있을 정도다.

패스워드의 경우 전시의 기술 혁신은 새로운 접근법의 고안과 기존 방법에 대한 공격이라는 두 가지 형태로 전개되었다. (앞 절에서 다룬 고대 로마 시대에서 시간을 훌쩍 건너뛰는 것에 독자들의 양해를 구하며) 가장 잘 알려진 사례 중 하나는 2차대전 당시 추축군이 개발한 에니그마enigma 기계와 뒤이은 연합군의 크래킹이다.

최근 영화 「이미테이션 게임」The Imitation Game, 2014을 통해 다시 알려진 에니그마는 2차대전 시기에 나치가 유보트 작전 등에서 암호화된 메시지를 송신하는 데 이용한 기계다. 에니그마에서 쓰인 전기 기계식 회전 장치electro-mechanical rotors는 암호 기법의 역사에 한 획을 그었다고 평가할 만한 진보를 이룩했다. 에니그마의 접근법 자체는 새로운 것이 아니었다. 에니그마는 15세기의 다중 치환 암호polyalphabetic substitution cipher에 기반을 두었는데, 이는 각 글자들이 초기에 정의된 키의 값만큼 옆으로 밀려나는 방식이다. 에니그마의 경우에는 키의 값을 전기 기계식으로 각 글자별로 다르게 갱신할 수 있었고, 이러한 구현 방식으로 암호화 키의 복잡도를 전례 없는 수준으로 높일 수 있었다(암호학 전문 용어로는 '키의 엔트로피가 증가했다'고 한다). 그뿐만 아니라 사전에 정의된(두 번째 경로) 주기에 따라 매일 암호화 키 값이 순환함에 따라 빈도 분석(전체 메시지에서 특정 글자, 이를테면 알파벳 E가 다른 글자들보다 더 빈번하게 등장하는지 관찰하는 분석 방법)이 원천적으로 차단되었고, 이로써 암호를 분석하기가 훨씬 힘들어졌다. 결국 에니그마의 동작 방식을 이해하더라도 현실적으로 손쓸 방법이 없었다. 매일 갱신되는 새로운 패스워드, 즉 암호화 키를 유효한 시간 내에 예측하기란 불가능했기 때문이다. 실제로 미국국가안보국National Security Agency; NSA이 에니그마를 분석해 보니 10의 60제곱의 세 배novemdecillion에 해당하는 개수의 패스워드 조합이 가능했다고 한다.[20]

해독이 불가능한 암호보다는 주어진 시간 안에 해독할 수 없는 암호를 생성하는 것이 목표였다는 점에서 에니그마 사례는 현대 암호학에도 유효한 패스워드의 흥미로운 측면을 부각시킨다. 나치가 잠수함 작전을 수행하려면 암호의 복잡도가 가능한 한 높아야 했지만, 최소 하루에 한 번씩은 암호화 키가 갱신되어야 했다(하루가 지나면 회전 장치와 배선이 새롭게 바뀔 것이었기 때문이다).

대중 영화와 소설에서 묘사된 것과 달리 에니그마는 결정적인 한 번의 시도로 '깨진' 것이 아니었으며 크래킹이 한 국가나 개인이 기울인 노력의 결과인 것도 아니었다(몇몇 위대한 인물이 기여하긴 했지만).[21] 마지막으로 에니그마 메시지를 복호화하는 능력 역시 하나의 암호 기법을 통해 획득된 것이 아니었다. 비록 회전 장치 메커니즘이 제공하는 조합의 수만큼 다양하진 않았지만, 에니그마를 해독할 수 있었던 것은 패스워드를 깨뜨리는 광범위한 접근 방법들을 선보인 다양한 분파의 공헌 덕분이었다.

처음으로 세 개의 회전 장치가 장착된 에니그마를 깨려고 노력한 이들은 폴란드 팀, 특히 마리안 레예프스키와 예르지 루지츠키 그리고 헨리크 지갈스키였다. 이들은 상업용으로 판매되던 초기 에니그마 기계와 독일군 반역자가 제공한 정보를 바탕으로 나치 에니그마의 배선 및 회전 장치 배열을 알아냈다. 그러나 처음의 배열들을 몰랐기 때문에 메시지를 읽을 수는 없었다. 폴란드 팀은 회전 장치의 설정을 빠르게 추론하고자 봄바Bomba◇라는 기계를 고안해 처음의 배열들을 고속으로 테스트했고, 결국 초기의 에니그마 코드들을 깰 수 있었다.

이에 대한 대응으로 독일군은 회전 장치 수를 세 개에서 다섯 개로 늘림으로써 에니그마의 성능을 향상시켰는데, 이때가 바로 그 유명한 블렛츨리 파크Bletchley Park[영국 비밀암호국]와 앨런 튜링의 활약이 시작된 시기였다.[22] 튜링은 에니그마 메시지들을 대상으로 '알려진 평문 공격'known-plaintext attack을 할 수 있도록 폴란드의 봄바를 개선했다.[23] 다시 말해 튜링의 기계는 'Heil Hitler'나 'To' 혹은 최초로 해독된 작전

◇ 폴란드어로 '폭탄'을 의미하는 단어다.

개시일의 에니그마 메시지 'WETTERVORHERSAGEBISKA
YA'(Weather Forecast Biskaya, 비스카야의 날씨 예측)와 같이
잘 알려진 구절들이 메시지에 포함되어 있을 것이라 가정함
으로써 불가능한 회전 장치 설정을 제외할 수 있었다.[24] 이는
매우 효과적인 방법이었으나 그사이 독일 해군은 회전 장치
를 여덟 개로 늘리고 이 가운데 임의로 세 개를 선택해 사용
하도록 에니그마를 개선했다. 이 사실을 몰랐던 블렛츨리 파
크는 에니그마 메시지의 극히 제한된 일부분만을 읽을 수 있
었으며 독일군이 다시 네 개의 회전 장치를 사용하게 되면서
연합군의 골칫거리는 더욱 늘어났다.

그러던 차에 일단의 유보트 잠수함이 연합군에 포획되면
서 상황에 변화가 생겼다. 고성능 봄바 크래킹 장치들의 배열
을 활용한 미국의 도움에 힘입어 연합군은 자신의 기계가 에
니그마의 네 번째 회전 장치로 인한 복잡도에 대응할 수 있도
록 수정했다. 특히 잠수함 U-599에서 압수한 코드 북은 알려
진 평문 공격을 가하는 데 더없이 소중한 단서를 제공했다.

여기서 크게 축약해 제시한 에니그마의 역사는 아주 유명
하다. 하지만 에니그마가 군사용 패스워드에 가져온 더 포괄
적인 역사적 의의는 다소 무시되는 경향이 있다. 전 지구적인
규모의 전쟁 시기에 전기 기계식 회전 장치가 대칭식 암호화
프로세스에 도입됨에 따라 기계를 이용해 암호화된 메시지
를 다른 기계로만 복호화할 수 있는 시대가 열렸으며 이는 오
늘날까지 이어진다. 이 시대의 패스워드를 깨는 방법들은 과
거의 방법과 어느 정도 공통점도 갖고 있다. 예를 들어 암호
메시지를 해독하는 가장 간단한 방법은 여전히 암호 분석이

나 복잡한 기계를 활용한 무차별 대입 공격이 아니라 두 번째 경로 공격이다. 만약 적군이 패스워드를 누설하게 만들거나 어떤 방법으로든 공유된 비밀에 접근할 수 있다면 기계를 이용해 패스워드를 추측할 필요가 없다. 웹툰 「xkcd」에는 한 열정적인 암호 전문가가 자신의 정교한 암호에 적이 좌절하는 모습을 상상하는 장면이 나온다. 미안한 얘기지만 현실에서 적은 그저 패스워드를 알고 있는 사람에게 폭력을 행사해 손쉽게 패스워드를 획득할 것이다.[25] 심한 표현으로 '좋게 말할 때 패스워드를 불지 않는다면 불 때까지 패면' 될 거 아닌가.

기본 경로와 두 번째 경로 가운데 어느 쪽을 공격할지 결정할 때 간과해서는 안 되는 또 하나의 고려 사항은 노동 시간이다. 전기 기계식 장치가 도입됨으로써 패스워드의 복잡도는 인간이 시간과 노력을 들여 깰 수 있는 수준을 넘어섰다. 그래서 에니그마의 경우 연합군의 크래커들은 올바른 패스워드를 알아낼 정도까지 자신들의 노동력을 증폭시킬 수 있는 기계 도구를 고안했다. 하지만 만약 두 번째 경로를 깨는 데 드는 노동량이 그런 도구를 고안하거나 기본 패스워드를 알아내는 데 필요한 노동량보다 적다면 두 번째 경로를 공격하는 방법이 가장 효과적일 것이다. 아무리 견고해 보여도 패스워드에는 약점이 존재하기 마련이며, 많은 경우에 이 약점은 패스워드에 관련된 사람이나 두 번째 경로다. 물론 통상 컴퓨터 시스템 해킹보다는 물리적 폭력 행사가 법적으로 더 강한 제재를 받지만, 이는 민간인이 패스워드를 획득하기 위해 다른 사람에게 폭력을 가하지 못하도록 설계된 것일 뿐이다. 전시에는 상황이 다르다. 국가는 폭력에 대한 합법적 독점을 통해 주저없이 두 번째 경로를 공격할 것이다.

마지막으로 에니그마 사례의 연구는 패스워드 기술의 진보와 관련해 흥미로운 사실을 알려 준다. 이 절을 시작하면서 나는 암호 기법이 전시에 한층 비약적으로 진보하는 경향이 있다고 지적했다. 그런데 전시에나 평시에나 암호 기법을 더 복잡하게 만드는 자극제가 되었던 것은 기존 방법의 파괴였다. 달리 말해 메시지를 암호화하거나 패스워드 시스템을 만든 사람들이 패스워드를 이해하는 방식을 궁극적으로 혁신한 것이 아니다. 이런 사람들은 보통 자신이 구축한 시스템이 난공불락이라고 여긴다. 인증 메커니즘의 결함을 드러내는 이는 바로 패스워드를 깨는 사람들이다. 다음 절에서 살펴볼 테지만 이처럼 패스워드 세계에서는 파괴가 창조에 있어 중요한 역할을 한다.

군대, 법 그리고 폭로

「서론」에서 다룬 사례로 돌아가 보자. 2002년 스코틀랜드인 게리 매키넌은 "군사용 컴퓨터에 대한 사상 최대 규모의 해킹"을 저질렀다는 혐의로 미국 정부로부터 고소를 당했다.[26] 매키넌의 목적은 군사용 시스템을 해킹한 것치고는 비교적 순수한 편이었다. UFO, 자유에너지 억압에 관한 음모론, 반중력antigravity 기술에 집착을 보인 그는 오로지 이것들에 대한 은폐된 진실을 파헤치고자 군사용 시스템에 침입했다고 선언했다. 이후에 그는 아스퍼거 증후군을 진단받았으며, 영국 정부는 논란에도 불구하고 미국 측에 그를 범인 신분으로 인도하기를 거부했다. 매키넌은 기량이 뛰어난 많은 컴퓨터 크래커와 달리 컴퓨터 프로그램이 스스로를 배반하게 만드는 취약점 공격 코드를 작성해 접근 권한을 획득하지 않았고, 단순히 대대적인 스캔을 통해 패스워드가 설정되지 않은 미국 정부 컴퓨터들을 찾아냈다. 이처럼 패스워드 시스템이 매우 취약함을 발견한 덕분에 그는 민감한 정보를 담고 있는 수많은 네트워크에 광범위하게 접근할 수 있었다. 한마디로 미군은 대문에 자물쇠조차 달지 않았던 것이다.

미국 정부는 이 사건에 신속하게 대응했다. 매키넌은 군사용 서버에서 중요한 파일들을 삭제한 혐의로 최고 70년 형까지 받을 처지에 놓였다. 어찌 보면 합리적인 고발일 수도 있다. 그의 행위가 미국이라는 나라의 보안 시스템을 마비시킨 것이라면 이런 일이 미래에 재발하지 않도록 어떻게든 막아야 할 테니 말이다. 그러나 한편으로 미군의 패스워드 보안이 그토록 취약했다면 미국 정부는 이 문제를 발견할 수 있게 되었으니 자신의 운에(그리고 어쩌면 매키넌에게도) 고마워해야 하지 않을까? 문제점을 발견하는 것이 매키넌의 목적은 아니었겠지만 말이다. 결국 70년 형은 일반 폭력 범죄에 따른 형량과는 비교도 할 수 없이 긴 것이며, 차라리 간첩 행위에 따른 형량에 해당할 정도로 가혹한 형량이라 할 수 있다.

매키넌 사태를 바탕으로 군사 패스워드의 역사에 관한 마지막 주제, 즉 '분별 있는 폭로'responsible disclosure와 합법성을 살펴보자. 사실 이 문제들은 오래전부터 컴퓨터 보안 전문가들 사이에서 논쟁거리였다. 어떤 소프트웨어의 취약점을 발견했을 때 이를 어떻게 소프트웨어 개발자에게 알릴 것인가?

일부 보안 전문가는 보안 취약점이 소프트웨어 개발자에게 비밀리에 알려져야 한다고 주장한다. 취약점이 공개되지 않아야 해당 시스템 사용자들이 피해를 입지 않는다는 것이 그들의 논리다. 하지만 이 논리는 설득력이 크지 않다. 우선 사용자들의 인지 여부와 무관하게 악의를 가진 해커가 이미 그 취약점을 발견해 이용하고 있을지도 모른다. 둘째, 소프트웨어 기업들이 해당 취약점이 사소하며 또 아무도 그 버그를 발견하지 못할 것이라고 착각하는 상황이라면 과연 그들이 적극적으로 이 문제를 해결하려 할지 의문이다.

보안 취약점의 폭로와 관련해 이 분야의 권위자인 브루스 슈나이어는 다음과 같이 말한다. "소프트웨어 기업들에게 보안 취약점이란 주로 대외적인 문제다. 다시 말해 그들은 취약점 자체보다도 사용자 반응에 더 신경 쓴다. 소위 잘나가는 소프트웨어 회사일수록 보안 취약점을 소프트웨어 문제가 아니라 홍보상의 문제로 취급한다. 따라서 사용자들이 그 회사로 하여금 적절한 보안 패치를 내놓도록 하려면 이러한 홍보상의 문제를 크게 키우는 것이 상책이다."[27]

슈나이어는 취약점의 상세한 내용을 공개적으로 '완전히 폭로'하는 방식을 지지한다. 물론 이에는 해당 시스템의 사용자들이 공격 위험에 노출된다는 단점이 있다. 그리하여 등장한 절충안이 전문가들 사이에서 '분별 있는 폭로'라 불리는데, 이는 취약점을 완전히 폭로하기 전에 소프트웨어 개발 주체에게 일정한 유예기간을 줌으로써 문제를 해결할 기회를 제공하는 방식이다.

이는 군사 패스워드와 큰 관련이 있다. 군대란 사회적 합의에 따라 합법적으로 폭력을 독점하는 조직이다. 만일 군대의 패스워드 보안이 취약하다면 국민은 결코 안심할 수 없을 것이며, 국민에게 지지받지 못하면 군대는 정당성을 잃게 된다. 그리하여 매우 중요한 질문이 제기된다. 우리나라 군대의 정당성과 국민의 진정한 안전 가운데 무엇이 더 중요한가.

다소 복잡하긴 하나 매키넌 사례에서도 이 질문이 제기된다. 매키넌은 인터넷에 연결된 다수의 군사용 컴퓨터에서 기본 설정 패스워드들을 발견했다. 분명 군대 입장에서는 여간 곤혹스러운 일이 아니었을 것이다. 슈나이어의 말마따나 심각한 "홍보상의 문제"가 발생한 것이니 말이다. 그러나 이 지점에서 군대는 이해관계의 충돌을 경험한다. 그들은 국민이 군대의 시스템이 내부적으로 안전하고 만족할 만한 수준이라고 생각하기를 바라겠지만 현실은 그렇지 못한 상황이다. 따라서 군대는 충돌하는 두 논리 사이에서 균형을 잡아야 한다. 하나는 군대가 보안 전문가들을 초빙해 패스워드 시스템을 공격하고 그 결과를 분별 있게 폭로하도록 했다면 국민의 안전이 증대될 수 있었다는 것이다(악의적인 공격자들은 폭로하지 않은 채 이미 시스템 공격을 감행하고 있다. 그래야 위험 부담이 적기 때문이다). 다른 하나는 폭로가 일어날 때마다 군대에 대한 국민의 신뢰가 점점 떨어지며 따라서 군대의 정당성 자체가 위협받는다는 것이다. 다시 말해 군대의 패스워드 시스템은 그들의 정당성과 존재 자체를 희생해야 강화될 수 있다는 딜레마를 안고 있다.

매키넌 사례에서 군대는 분명 신뢰에 큰 흠집이 날까 봐 심각하게 우려했고, 때문에 70년이라는 가혹한 징역형을 요구했다. 매키넌이 이른바 '화이트 햇 해커'처럼 시스템의 취약점을 분별 있게 폭로하려는 순수한 의도로 해킹한 것은 아니다. 군대 몰래 정보를 빼내는 것이 그의 동기였으니 말이다. 그러나 그가 대단히 악의적인 해커라고도 할 수 없다. 현대에 들어와 정보 전쟁이 가속화되면서 군대는 국민을 보호할 의무와 계속 존속해야 하는 임무라는 두 가지 상반되는 가치를 마주하게 되었다. 공격자들에 대한 법적인 제재는 타당할지 모르지만 군사용 시스템에 침입하고자 하는 열망보다 법을 준수하고자 하는 의지가 더 큰 자들만 제지할 수 있다는 점에서 어느 선까지 기소해야 하는지는 까다로운 문제다. 문제점들을 노출시킬 전문성을 지닌 일부의 개인은 위 범주에 해당하겠지만 노골적인 범죄자들이나 다른 나라의 정부들은 아랑곳하지 않을 것이다.

• • • • –

이 장을 마치면서 지금까지 패스워드의 철학에 대해 살펴본 내용들을 정리해 보자. 우선 인류 문명을 통틀어 패스워드가 가장 중요하게 사용된 조직은 군대다. 패스워드 시스템을 이용해 살상 무기에 대한 접근을 통제하는 방식은 오늘날에도 유효하다. 고대의 사례를 통해 아르카나와 세크레툼이라는 두 유형의 패스워드를 정의할 수 있다. 대부분의 패스워드는 세크레툼이다. 패스워드는 다양한 맥락에서 특정한 공간·정보·행위에 대한 접근을 보호한다. 패스워드는 암호 기법과 관련되어 있는데 이는 정보에의 접근을 가능케 한다. 20세기에 전기 기계식 회전 장치가 도입됨에 따라 패스워드의 복잡도가 매우 높아졌으며, 이로써 인증 및 복호화 영역에서 최초로 기계 대 기계의 경쟁 구도가 형성되었다. 하지만 에니그마 같은 장치나 여타 일반적인 패스워드 시스템이 일격에 깨지는 경우는 거의 없다. 패스워드가 깨질 때마다 창조적 파괴라는 변증법적 과정을 통해 더 강한 패스워드 시스템이 탄생한다. 마지막으로 오늘날 많은 나라에서 군대는 정부에 종속되어 있으며 국민의 지지를 받아야 한다. 그러므로 군대의 패스워드 시스템이 공격과 방어의 변증법적 구도에 노출되면 지지 기반이 흔들릴 수도 있다. 하지만 동시에 시스템에 대한 침입을 통해 보안 취약점을 밝히는 데 기여할 수 있는 전문가들을 무턱대고 무시한다면 침입으로 인해 패스워드 시스템이 약화되었음에도 불구하고 그 침입을 통해 얻을 수 있는 이점을 전혀 챙기지 못하는 셈이 될 것이다.

그렇지만 패스워드가 군대에서만 주도적으로 사용된 것은 아니다. 민간 영역에서의 패스워드도 그에 못지않게 매우 중요한데 이는 3장에서 다룰 것이다. 그 논의에 대한 기대를 잠시 접어 두고 다음 장에서는 문학과 종교 영역에 나타난 패스워드의 모습을 통해 패스워드가 우리 삶에 얼마나 깊숙이 스며들어 있는지 살펴보도록 하자.

2
특수 문자
문학과 종교에 나타난 패스워드

패스워드가 문화 영역에 미친 영향은 영국 문학의 가장 중요한 고전으로 꼽히는 윌리엄 셰익스피어의 『햄릿』의 첫 세 줄에서 묘사되는 신원 인증 장면에 분명하게 드러난다. 막이 오르면 야간 경비병 버나도와 프랜시스코가 어둠 속에서 마주친다. "누구냐?" 버나도가 외치자 프랜시스코가 대답한다. "아니, 너야말로 누구냐? 거기 멈춰 정체를 밝혀라!" 자신의 신원은 밝히지 않고 상대방의 신원을 요구하는 프랜시스코의 반문은 그에게 권한이 있음을 암시하는데, 이는 쌍방 간의 신원 확인에 따르는 문제들 및 인가되지 않은 사람에게 패스워드를 노출할 가능성을 드러낸다. 버나도가 "국왕 폐하 만세!"라는 그다지 암호같이 보이지 않는 암호를 외쳐 자신의 개략적인 정체를 밝힌 뒤 둘은 대화를 이어 간다. 다행스럽게도 둘은 이내 서로를 알아봐서 프랜시스코가 자신의 정체를 밝혀야 하는 더 곤란한 문제를 겪지 않게 된다.

이 희곡에서 패스워드가 등장한다는 사실이 딱히 놀랍진 않다. 어떤 의미에서 버나도와 프랜시스코의 패스워드 교환은 군대 환경에 대한 또 다른 묘사일 뿐이다. 무엇보다 『햄릿』

은 덴마크 궁정과 헬싱외르성이라는 군사적인 배경을 담고 있다. 그렇기에 군사 패스워드 사용을 매우 사실적으로, 극적인 모방이라는 형태로 묘사하고 있는 것이다. 이처럼 셰익스피어는 군사 패스워드 사용에 관객들이 품는 기대에 부응해 매우 그럴듯한 환경을 연출한다. 하지만 이 작품에서 패스워드는 훨씬 더 중요한 의미를 지닌다. 왜냐하면 경비병들의 대화를 통해 형상화된 신원과 그에 대한 확인이라는 쟁점이 『햄릿』의 주제 자체를 사로잡고 있기 때문이다. 우선 프랜시스코가 버나도에게 반문하는 것은 그 장소에 패스워드 시스템이 존재한다는 사실을 알리는 셈이며, 이때 우리는 패스워드가 아르카나에서 세크레툼으로 전환되는 과정을 보게 된다. 더 중요한 사실은 신원에 대한 오해가 『햄릿』줄거리의 중심에 자리 잡고 있다는 것이다. 예컨대 햄릿은 폴로니어스를 클로디어스로 착각해 죽이게 되며, 폴로니어스는 매우 간교해 주로 진실을 숨기고 거짓을 일삼는 캐릭터로 등장한다. 또 3막 2장에는 햄릿이 구름의 모양이 낙타나 족제비 혹은 고래 같지 않느냐며 구름의 다형성에 관해 그와 희롱조로 길게 대화하는 장면이 있는데 이는 오식별과 변형에 관한 효과적인 비유다. 그렇다, 극의 서두에 등장하는 패스워드는 현실적인 묘사일 뿐 아니라 극 전체를 아우르는 결정적인 장치로 시작이자 중심을 이루는 것이다.

　『햄릿』을 분석한 수많은 분석 자료가 있지만 여기서 그것들을 평할 의도는 없다. 그것은 조그만 땅조각을, 오직 이름뿐 아무 이득도 없는 것을 얻는 데 그치리라.◇『햄릿』은 패스워드를 소재로 사용한 시초적 문학 작품이며 패스워드가 그 주제와 깊이 연관되어 있기는 하지만, 당시 군대의 관습을 보여주는 과정에서 매우 재래식의 패스워드만을 다루었다. 다음절들에서는 독자들에게 더 큰 흥미를 불러일으키길 바라며 허구에서만 가능할 법한 색다른 유형의 패스워드들을 소개하고자 한다. 이 영역의 패스워드들은 주로 마법과 관련된다.

신화, 마법 그리고 패스워드

『아라비안 나이트』 혹은 『천일야화』 가운데 영미 문화권에 가장 널리 알려진 이야기는 아마도 「알라딘과 신기한 램프 이야기」, 「알리바바와 여종에게 몰살된 마흔 명의 도적 이야기」 그리고 「바다 사나이 신드바드 이야기」일 것이다. 유감스럽게도 이 이야기들은 제국주의의 산물로, 아라비아 설화가 아니라 프랑스인 앙투안 갈랑이 『천일야화』에 삽입한 것이다.[1] 특히 아래에서 다룰 「알리바바와 여종에게 몰살된 마흔 명의 도적 이야기」는 갈랑이 마론파 학자 유헤나 디아브와 1709년 3월에 나눈 대화를 바탕으로 『천일야화』에 덧붙인 이야기임이 확실하다.[2] 따라서 이 이야기에 등장하는 패스워드의 사례는 1세기경 이슬람 문화권보다는 18세기 제국주의 프랑스 및 유럽의 상황을 반영한다고 보는 편이 타당할 것이다.

어쨌거나 「알리바바와 여종에게 몰살된 마흔 명의 도적 이야기」는 고문학에서 패스워드가 등장하는 가장 유명한 사례

◇ 지은이는 『햄릿』 4막 4장에 나오는 부대장의 대사 "We would gain but a little patch of ground. / That hath in it no profit but the name"을 인용해 자신의 생각을 드러내고 있다.

가운데 하나다. "참깨야, 열려라"라는 유명한 대사는 비록 어디에 나왔던 것인지는 떠올리지 못할지라도 누구나 들어 봤으리라. 도적들이 비밀 동굴에 들어갈 때 사용하는 패스워드를 엿듣게 된 알리바바는 이를 이용해 그들의 보물 창고로 들어가 금화 한 꾸러미를 훔친다. 이 이야기를 들은 알리바바의 욕심 많은 형이 같은 식으로 동굴로 들어가 너무 많은 보물을 훔치려다가 도적들에게 덜미를 잡혀 죽임을 당한다. 알리바바가 형의 시신을 몰래 수습하자 도적들은 보안에 구멍이 뚫린 사실을 알고는 알리바바를 잡으려 한다. 여종인 모르지안의 계략과 무자비함 덕분에 알리바바는 도적들의 살해 위협에서 벗어나고 동굴의 패스워드를 아는 유일한 사람으로 남는 것으로 이야기가 마무리된다.

알리바바 이야기에 등장하는 패스워드는 매우 고전적인 것으로, 도적들이 어떤 장소에 도착해 '이상한 단어들'을 읊음으로써 신원을 인증하는 식이다. 도적들이 떠나자 알리바바는 이것이 패스워드이며 같은 단어를 읊으면 자신도 동굴에 들어갈 수 있음을 알게 된다. 그리하여 패스워드는 이제 아르카나에서 세크레툼이 된다. 패스워드가 노출된 사실을 감지한 도적들은 패스워드를 알고 있을 만한 사람을 모조리 죽이고 본보기로 시신을 밖에 걸어 두는 식으로 보안 메커니즘을 강화하려 한다(파괴에 따른 극단적인 형태의 창조). 이 이야기가 군대 및 여타 현실 세계의 패스워드 사례와 다른 점은 말에 마법적인 성격이 있고 동굴의 입구가 황당하게도 그 주문에 반응해 불쑥 열린다는 점이다. 사람이나 기계가 신원을 인증하는 것이 아니라 초자연적인 힘이나 존재가 접근을 통제

〈그림 2〉울리히 몰리토르의 책 『요괴와 마녀』*Von Unholden und Hexen*(1489년경)의 한 장면에 등장하는 반인반수와 하늘을 나는 빗자루

하는 셈이다.

마법이란 본디 물리법칙이나 현실의 법칙에 구속되지 않는다. 그러나 문학에서 소재로 이용되는 마법은 종종 마법적이지 않고 우리에게 친숙한 것과의 비유를 통해 그럴듯한 느낌을 만들어 낸다. 예를 들면 1489년경 최초로 문학 작품에 등장한 마녀들이 사용하는 하늘을 나는 빗자루가 있다. 이는 우리가 주변에서 흔히 볼 수 있는 친숙한 물건, 즉 빗자루를 마법의 힘을 빌려 일종의 교통수단으로 만든 것이다. 마찬가지로 신화에 등장하는 괴수들도 우리에게 친숙한 동물들과 연관되어 있는 경우가 많은데, 예컨대 하반신은 말이고 상반신은 인간인 켄타우로스가 있다. 우리 인간의 상상력은 풍부하지만 무한하지는 않기 때문에 이와 같이 비교를 이용한 접근이 불가피하다. 사람들은 현재와 관련이 있는 은유를 통해

미래를 상상하는 경향이 있다. 20세기 들어 등장한 최초의 자동차가 '말 없는 수레'라고 불렸던 것도 이 때문일 것이다. 새로운 것을 지금의 것과 관련지을 필요가 있는 것은 어제오늘의 일이 아니며, 현명한 작가라면 독자들이 친숙한 현실과의 비유를 통해 상상할 수 없는 무언가(마법에 관한 것이든 미래에 관한 것이든)를 소재로 삼지는 않을 것이다. 설사 작가의 의도가 독자로 하여금 그 현실을 잊도록 만드는 것일지라도 말이다.

그렇기에 「알리바바와 여종에게 몰살된 마흔 명의 도적 이야기」에 나오는 패스워드는 지금껏 우리가 살펴본 형태의 패스워드들과는 약간 다르다. 도적들이 동굴에 들어가는 데 필요한 패스워드를 미리 알고 있었다는 사실은 앞서 살펴본 두 번째 경로가 존재한다는 것을 의미한다. 그런데 이 두 번째 경로가 완전히 마법적이고 이미 전제되어 있어 찾아내 공격할 수 없다는 점이 다르다. 초자연적인 힘이나 존재가 언제 어떻게 도적들과 패스워드를 주고받았는지 알 길이 없는 것이다.

알리바바 이야기가 드러내는 또 하나 재미있는 점은 패스워드가 사람들 간에 전파될 수 있는 정보의 형태를 취한다는 점이다. 이야기 말미에 도적들은 모두 죽지만 패스워드는 여전히 유효하게 작동한다. 이러한 상황은 소위 '비경합성 사물'non-rivalrous object과 관련되는데, 이는 오늘날까지 '지적 재산'intellectual property이라는 용어가 논란의 대상이 되는 원인 중 하나이기도 하다.[3] 비경합성 사물이란 원본을 잃는 일 없이 사람들이 주거나 받을 수 있는 사물을 가리킨다. 이는 물리적으로 단 하나만 존재할 수 있는 전통적인 개념의 물질적 사물과 대비된다. 예를 들어 여러분이 내 키보드를 빼앗는다면 내게는 더 이상 키보드가 없고, 그 키보드는 새로운 주인을 찾게 되는 셈이다.

정보나 디지털 물품의 경우는 그렇지 않다. 여러 사람이 '같은' 생각을 동시에 가질 수 있으며 그로 인해 원래 주인이 그 생각을 잃게 되지도 않는다. 『천일야화』에 수록된 「알라딘과 신기한 램프 이야기」에서도 이 점을 확인할 수 있다. 요정 지니를 불러내려면 램프를 문지르는 패스액션이 필요하다는 사실을 주인공이 알게 되는 대목을 보자. 주인공은 분명 그 정보를 알게 된 최초의 사람도 마지막 사람도 아니었을 것이며, 여러 사람이 동시에 그 정보를 알 수도 있다. 물론 이 사례에서 요정 지니를 소환하려는 사람은 소환하는 방법이라는 정보만이 아니라 소환하기 위한 도구인 램프 역시 가지고 있어야 한다. 정보와 소유물이 결합하는 셈이다. 재미있는 사실은 애초에 저작권이나 지적 재산 개념이 이와 같은 비경합성 사물을 인위적으로 통제함으로써 자원의 희소성과 화폐에 의해 좌우되는 경합적인 시장의 법칙을 따르게 만들려는 목적으로 설계되었다는 점이다. 다시 말해 이런 비경합성 자원을 경합적인 것으로 법제화해 이 자원들이 경합적인 우리의 금융 시스템(여러분은 내 돈을 나와 동시에 소유할 수 없다. 그랬다간 여러분과 내가 모두 그 돈을 소비할 것이고 그에 따라 전체 금융 시스템이 붕괴해 버리고 말 것이다)과 양립할 수 있도록 한 것이다. 데이터를 즉각적이고도 완벽하게 복제할 수 있는 디지털 세계에서는 음악·문서·그림 등 과거에는 경합성이었던 많은 종류의 사물이 비경합성 사물이 되었다.

동화적·마법적인 패스워드의 또 다른 예를 보자. 그림 형제가 엮은 독일 민화 「룸펠슈틸츠헨」에서는 아버지의 허풍 때문에 물레질로 짚을 황금으로 바꿔야 하는 처지에 놓인 불쌍한 소녀가 짓궂은 요정의 도움을 받아 목숨을 잃을 위기를 모면하게 된다. 요정은 대가로 소녀의 첫 아기를 요구하지만 막상 아기를 낳자 소녀는 아기를 가져가지 말아 달라고 요정에게 사정한다. 요정은 자기 이름을 맞히면 그 빚을 탕감해 주겠노라 얘기한다. 자신의 이름이 매우 희귀하고 이상한 'Rumpelstilzchen'이어서 소녀가 맞힐 수 없으리라 생각했던 것이다. 그러나 요정이 숲속에서 자기 이름으로 노래하는 것을 우연히 엿들은 소녀는 다음 날 이름을 맞히고 자유의 몸이 된다.

아르네-톰프슨Aarne-Thompson 민화 분류 체계에 따르면 「룸펠슈틸츠헨」은 전 세계에 널리 퍼져 있는 이른바 '원조자의 이름' 유형에 속하는 이야기 중 하나다.[4] 실제로 이름은 여러 문화권에서 일종의 키로 사용되는데, 이는 현재의 논의와 관계된 패스워드의 두 측면을 드러내 준다. 첫째, 이 이야기는 힘을 지닌 단어를 누군가의 신원에 직접적으로 엮으려 시도한다. 누군가에게 개인적으로 가장 큰 의미를 갖는 단어는 무엇보다 그의 이름일 것이다. 따라서 이름을 비밀로 하는 것(이는 「닥터 후」 같은 대중문화 영역에도 나타난다[5])은 정보의 비밀 체계, 즉 패스워드를 신원에 엮는 것이다. 둘째, 앞서 논했듯 이름을 패스워드로 삼는 억지스러운 설정은 오히려 패스워드가 비경합적인 형태의 정보임을 입증한다. 다른 사람들로 하여금 이름을 부르게 함으로써 신원을 확인하지 않을 것이라면 도대체 무엇 때문에 이름이 필요하단 말인가? 이름 이란 본디 그 이름의 주인뿐 아니라 다른 사람들에게도 알려 져야(주인이 알고 있는 상태에서 복제되고 다른 사람들도 '소유' 할 수 있어야) 마땅한 것이므로, 이름을 패스워드로 삼아 비밀 로 하는 것은 완전히 인위적인 제약이라 할 수 있다.

이는 여러 유형의 패스워드가 지닌 흥미로운 모순을 하나 드러낸다. 그것은 신원 인증 메커니즘들이 비경합성 사물, 즉 패스워드를 기반으로 만들어진 경합적 교환 체계라는 점이 다. 더 풀어 설명하자면 신원 인증 시스템을 설계할 때 우리 는 이 시스템을 배타적으로 만들어야 한다. 이는 신원 인증 시 스템의 고유한 본성으로, 한 개인이나 집단이 어떤 공유된 정 보를 가지고 있는지 여부를 그 정보를 바탕으로 판별하는 것 이다. 그럴 수 있으려면 그 공유 가능한 정보가 개인과 집단 에 고유해야 한다. 다시 말해 배제적이고 경합적이어야 하는 것이다. 그러나 전통적인 상황에서 우리가 주로 접하는 시스 템들의 기반이 되는 정보는 비경합성 사물이다. 물론 어떤 정 보의 가용성이 높아지면 그것이 가진 힘이나 가치가 어느 정 도 훼손될 수도 있겠지만, 많은 사람이 어떤 동일한 정보를 알게 된다고 해서 원래 주인이 그것을 잃게 되지는 않는다는 말이다. 비밀이란 그것이 지켜지는 만큼의 가치를 갖기 마련 이다. 그렇지만 「알리바바」 이야기의 사례에서처럼 (비경합 성의) 정보를 경제적으로 제한해야 하는 상황은 패스워드가 가진 모순을 잘 보여 준다.

해리 포터와 이중 요소 인증 장치

그러나 마법은 결국 해결책을 찾을 것이다. 마법의 패스워드들을 총망라한 작품을 논하려면 조앤 K. 롤링의 『해리 포터』 시리즈를 빼놓을 수 없다. 오랫동안 판타지 작품들은 다양한 형태의 패스워드를 다루어 왔다. 예를 들어 J. R. R. 톨킨의 『반지의 제왕』에는 반지 원정대가 두린의 관문을 통과하기 위해 수수께끼를 푸는 유명한 장면이 등장한다. '친구라고 말하고 들어오라'Speak, friend, and enter라는 수수께끼의 정답은 톨킨이 가상으로 만든 엘프어인 신다린어로 '친구'를 뜻하는 단어였다.◇ 그러나 오늘날 『해리 포터』만큼이나 다양한 형태의 패스워드를 많이 다룬 작품은 드물다. 마법의 주문, 학생 휴게실의 패스워드, 비밀의 방에 접근하는 데 사용되는 뱀의 언어, 호크룩스 동굴에 들어가기를 원하는 자는 그 전에 먼저 약해져야 하기에 요구받는 출혈 등이 그 예다. 어떤 독자들은 기술적·사회적으로 큰 의미를 가지는 패스워드에 대한 논의에서 아동 문학 작품을 다루는 것이 마뜩잖을 것이다. 그러나 『해리 포터』 시리즈가 2015년 기준으로 역사상 가장 많이 팔린 책이라는 점을 기억할 필요가 있다. 만약 동시대에 가장 널리 읽히는 문학 작품이나 이를 원작으로 한 영화에서 어떤 교훈도 얻지 못한다면 과연 무엇에서 얻을 수 있을까?

◇ 두린의 관문에 당도한 반지 원정대의 마법사 간달프는 문에 쓰인 'Speak, friend, and enter'를 '당신이 친구라면, 패스워드를 말하고, 들어오라'라고 이해한다. 그래서 엘프와 드워프의 언어로 문을 열어 달라고 외치지만 문은 열리지 않는다. 정답은 생각보다 간단해 엘프의 언어로 '친구'라는 단어를 말하는 것이었다.

줄거리에 익숙지 않은 독자들을 위해 덧붙이면『해리 포터』시리즈는 고아인 주인공이 자신에게 마법 능력이 있음을 깨닫게 되면서 겪는 모험에 관한 이야기다. 호그와트 마법 학교에서의 수련이 계속됨에 따라 스토리에 서서히 어둠이 드리워져 흑마법사 볼드모트 경과의 대립이 줄거리의 전면에 등장한다. 이 시리즈는 1997~2007년에 일곱 권이 출간되고 2001~2011년에는 여덟 편의 영화로 제작되는 등 21세기 초두의 출판업계에서 가장 주목할 만한 성공을 거두었다.

패스워드는 굳이 강조되지 않을 때조차도『해리 포터』의 세계관에 필수적인 요소다. 시리즈의 1권인『해리 포터와 철학자의 돌』[6]의 처음 몇 쪽만 봐도 독자들은 리키 콜드런 펍, 다이애건 앨리 그리고 킹스 크로스 기차역의 9와 4분의 3 승강장 같은 공간을 보호하는 보안 시스템을 접하게 된다. 이 장소들에 접근하려면 사전에 공유된 정보가 필요하다. 예를 들어 리키 콜드런 펍은 이미 그 존재를 알고 있는 마법사들에게만 보인다. 마찬가지로 마법사들의 번화가인 다이애건 앨리에 가려면 이를 감추고 있는 벽의 벽돌을 특정한 순서로 두드려야 한다. 대부분의 사람이 이러한 비밀의 장소가 있다는 사실조차 모르기 때문에 이 두 경우에 '패스워드'(혹은 패스액션)는 아르카나이다. 마지막으로 가장 흥미로운 사례는 9와 4분의 3 승강장이다. 해리 포터는 루베우스 해그리드에게서 이 승강장에서 기차를 타라는 지시를 받는다. 그러나 해그리드가 승강장 공간을 찾는 데 필요한 조건, 즉 패스워드를 사전에 알려 주지 않았기 때문에 해리 포터는 '부경로[부채널] 공격'side channel attack을 감행하게 된다. 물론 해리는 악의를 품은 침입자가 아니었고 승강장에 들어갈 자격이 있었지만 그 신원이 인증되지는 않았기 때문에 다른 공격자들과 비슷한 접근을 취한 것이다. 그는 승강장 주변을 돌아다니면서 주변 사람들의 대화 내용을 엿들어 그 패스워드 시스템이 어떻게 동작하는지 알아내려 한다.

그 외에도 『해리 포터』 시리즈에는 공간에 대한 접근을 통제하는 시스템이 많이 등장한다. 이 중에는 말로 인증하는 굉장히 단순한 시스템도 있는데, 가장 분명한 사례는 교장실, 학생 휴게실 그리고 반장 욕실 등이다.[7] 그런데 롤링이 창조한 세계가 지닌 다른 두 측면은 문학 속 마법적인 패스워드가 현실에서 사용되는 전통적인 패스워드의 약점을 갖지 않는다는 사실을 드러낸다. 이 세계에서는 패스워드를 아는 것만으로는 충분하지 않으며 반드시 그 누군가여야 한다.

『해리 포터』 시리즈 2권에서 '비밀의 방'으로 들어가는 대목을 보면 이와 같은 단순한 정보에서 신원으로의 변환이 처음 등장한다. 이 권(시리즈 전반에 걸쳐 전개되는 인종주의적 편견에 대한 풍자를 가장 강력하게 보여 주는 시작점이기도 한)에서는 학교 설립자 중의 한 명[◇]이 가졌던 혈통주의의 유산으로 '순수하지 못한' 혈통의 사람들을 처단하려는 괴물이 호그와트 마법 학교에 출몰한다. 이 괴물이 출몰하는 근원지는 줄거리의 대부분에 걸쳐 공개되지 않지만 학교 지하의 비밀스러운 방으로 추정된다. 마침내 해리 포터는 이 방을 찾아내다소 싱겁게도 "열려라"라고 외침으로써 방에 들어간다.

◇ 슬리데린 기숙사의 창립자 살라자르 슬리데린을 말한다.

그러나 알고 보면 그리 싱겁지가 않은 것이, 비밀의 방에 들어가려면 기이한 뱀의 언어인 '파셀텅'parseltongue으로 "열려라"라고 말해야 했던 것이다. 파셀텅을 말할 수 있는 사람은 외전『신비한 동물 사전』을 포함한 시리즈 전체를 통틀어 일곱 명뿐이다.[8] 달리 말해 비밀의 방에 들어가려면 파셀텅으로 말해야 한다는 설정 자체가 특정한 정보만이 아니라 특정한 신원에 기반한 매우 까다로운 제약이라 할 수 있다. 롤링에 따르면 파셀텅은 누구나 배울 수 있는 흔한 언어가 아니기 때문이다. 2007년 카네기 홀에서 나눈 인터뷰에서 롤링은 "뱀의 언어는 배울 수 있는 언어가 아니다"라고 명백히 밝혔다.[9] 그 것은 후천적으로 습득할 수 있는 지구상의 어떤 언어와도 닮지 않았다. 롤링의 마법 언어는 이 언어들과 다르다. 롤링이 창조한 세계에서 파셀텅(이를 언어라고 부를 수 있다면)은 유전자 구성(혹은 마법사 혈통) 등 선천적인 부분에 속하는 것이다. 해리 포터는 볼드모트 경과 심령적으로 연결된 덕분에 이 언어를 말할 수 있게 된다. 물론 친구인 론 위즐리도 이 언어의 한 음절을 따라 해 비밀의 방에 들어갈 수 있었다. 그러나 파셀텅의 목적과 의도는 전적으로 여러분이 무엇을 알고 있는지가 아니라 여러분이 누구인지와 관련되어 있으며, 이는 패스워드를 생각하는 데 있어 매우 중요한 관점 전환이라 할 수 있다.

이처럼 소설에서는 분명 마법을 이용해 '유토피아적인' 패스워드 시스템을 구현할 수 있으며, 이 시스템은 정보라는 대리 도구에 의존하지 않고 신원에 직접 접근 권한을 부여한다. 이는 패스워드가 지향하는 유토피아적이고 완벽한 상태다.

중개자이기를 멈추고 어찌 된 영문인지 순수하게 인간의 정체성을 반영하기 때문이다.『해리 포터』시리즈 줄거리의 핵심 요소인 마법 자체에서 이러한 유토피아적 충동을 다시 한번 엿볼 수 있다. 마법을 다룬 많은 묘사가 그렇듯『해리 포터』의 세계에서도 마법을 쓰려는 사람은 먼저 주문을 알고 있어야 한다.[10] 예를 들어 어느 단어('스투페파이'stupefy)에 대한 공유된 비밀 지식이 사전에 전달되어야(두 번째 경로) 마법을 부릴 수 있는 것이다. 그러나 이때 패스워드를 아는 것만으로는 충분치 않으며, 비밀의 방에서와 마찬가지로 누군가여야, 즉 마법사나 마녀여야 한다.[11] 여기까지는 새로울 게 없다. 그런데 롤링의 우주에는 마법을 쓰는 데 필요한 세 번째 구성 요소가 등장한다. 단어를 알고 있고 자격을 갖춘 사람이어야 할 뿐 아니라 어떤 물건을 지니고 있어야 하는 것이다. 그것은 바로 마법 지팡이다.

『해리 포터』시리즈에서 지팡이는 마법을 쓰는 데 필수적인 요소로, '용의 심금'dragon heartstring같이 마법력을 지닌 물질로 만들어지며 마법사가 능력을 발휘할 수 있도록 매개체 역할을 한다. 하지만 지팡이는 신원 인증 체계로도 사용된다. 시리즈 후반부의 재판 장면에는 마녀가 아닌 한 캐릭터가 진짜 마녀의 지팡이를 훔쳤다는 혐의로 고발을 당한다. 마찬가지로 마지막 권의 줄거리는 딱총나무 지팡이The Elder Wand◇가 주인이 될 마법사나 마녀를 찾아내 궁합을 맞추게 될지에 초점을 맞춘다. 마법 지팡이는 단순히 마법사들의 선천적인

◇ 죽음의 성물을 이루는 세 개의 마법 아이템 중 하나다.

능력을 증폭시켜 주는 역할만을 하는 것처럼 보인다. 그러나 내가 보기에 지팡이는 일종의 다중 요소 인증 장치multi-factor authentication device, 즉 신원을 대리하는 도구를 하나 이상 동시에 사용해 보안을 강화하는 방법이다.

　다중 요소 인증은 뒤에서 더 자세히 살펴볼 것이다. 이 절을 마무리하면서 강조하고 싶은 점은 마법과 패스워드가 긴밀하고도 복잡하게 결합해 있다는 것이다. 롤링은 왜 마법사와 마녀가 마법을 쓸 수 있는 사람임이 분명할 때도 어떤 물건을 지니고 있어야 마법을 쓸 수 있다고 설정했을까? 그녀는 우리가 오늘날 패스워드의 약점을 보완하기 위해 사용하는 시스템들을 이야기의 세계 안에 구현함으로써 자기 저작의 중심적인 윤리적 주제를 분명하게 밝힌다. 그것은 어떤 종류의 신원, 인종 혹은 타고난 본질로도 누군가를 규정하는 것에는 어려움이 따르고 많은 문제가 뒤따른다는 것이다. 순수한 마법사 혈통을 갖지 못한 사람들이 차별받는다는 인종주의적 설정을 통해 롤링은 우리가 인종주의를 자각하고 성찰하지 않는다면 우리가 사는 세상을 근본적으로 변화시키기란 요원하다는 사실을 말하고자 했던 것 같다. 그녀의 작품에 드러나는 이러한 정체성/정보의 분할을 한층 복잡하게 만드는 개념이 바로 패스워드다.

말

『해리 포터』에 등장하는 이상적인 패스워드의 마지막이자 가장 강력한 사례는 마법을 쓰는 행위 그 자체이다. 마법의 실행을 말로 읊는 주문과 결부시키는 문학 작품이나 종교 신앙, 기타 문화적인 단서는 매우 많다. 어찌 보면 이는 특정한 실행적(행위) 영역과 인식론적(정보) 영역에 접근하는 능력을 직접적으로 신원에 연결하는 것이다.

가장 잘 알려진 예는 그리스도교『성서』의「요한복음」1장 1절일 것이다. "한 처음, 천지가 창조되기 전부터 말씀이 계셨다. 말씀은 하느님과 함께 계셨고 하느님과 똑같은 분이셨다." 여기서 말씀이 '예수'('하느님의 말씀'이 육화된)를 지칭한다는 것은 명백하지만, 여러 해설가는 말씀이 서양의 로고스 중심적 형이상학logocentric metaphysics, 즉 말이 현실 세계의 권위 있는 중개자 역할을 하는(사물이 말을 통해 인식되고 이해되는) 세계관을 부추겼다고 주장해 오기도 했다.[12]「요한복음」1장 1절은『구약성서』「창세기」의 도입 부분(1장 1~3절)에 나오는 다음의 내용을 직접적으로 반복하고 보충한다는 면에서 중요한 의미를 갖는다. "한 처음에 하느님께서 하늘과 땅을 창조하셨다. 땅은 아직 꼴을 갖추지 못하고 비어 있었는데, 어둠이 심연을 덮고 하느님의 영이 그 물 위를 감돌고 있었다. 하느님께서 말씀하시기를 '빛이 생겨라' 하시자 빛이 생겼다." 여기서 하느님은 세상을 창조하기 위해 말하는 주체인 동시에 말 자체이기도 하다. 세상이 창조되기 이전에 존재했던 말이 형태도 없고 텅 비어 있던 세상을 빛과 물질로 채워 넣는다. 이 종교 전통에서 신은 자신과 동격인 말을 함으로써 우주를 창조할 힘을 갖는다. 어쩌면 이야말로 (어떤 존재의 신원과 직접적으로 연결된) 말을 통해 행사되는 가장 강력하고 비밀스러운 정보이자 모든 패스워드를 넘어서는 궁극의 패스워드일 것이다. 최초의 패스워드가 세상의 창조였다니, 패스워드의 실행에 도움을 주는 선례는 못 되는 셈이다.[13]

다른 고대 문화권들은 권력에 대한 접근을 통제하고자 서로 다른 유형의 초자연적 패스워드를 사용해 왔다. 이 문화권들에서는 신성한 표식이나 패스워드를 해독(혹은 크래킹)함으로써 권력과 정보에 접근할 수 있다. 예컨대 고대 메소포타미아 왕국의 아카드어에서는 '징조'omen를 의미하는 낱말이 '패스워드'를 뜻하기도 했다.[14] 이 중의성은 신이 내린 표식과 패스워드의 공통된 속성, 즉 둘 모두 공유된 정보를 전제하는 체계라는 사실을 보여 준다. 신의 뜻을 파악하려면 신이 내린 징조를 능숙하게 읽을 수 있어야 하는데 이는 그 표식 체계에 대한 사전 학습과 훈련을, 두 번째 경로를 필요로 한다. 이에 성공한 자는 자연히 권력을 쟁취하게 된다.

고대 이집트의『사자의 서』역시 빼놓을 수 없는 사례다. 제럴딘 핀치는 이집트의 상형문자를 두고 "이미지의 힘과 말의 힘은 분리할 수 없다"고 언급한 바 있다.[15] 죽은 자의 영혼을 안전하게 저승으로 인도하는 목적으로 쓰였다고 추측되는 『사자의 서』를 보면 이 힘을 확인할 수 있다. 이는 죽은 자들이 어떤 초자연적인 공간에 임할 수 있도록 사전에 일련의 주문을 거는 것이다. 물론 주문이 효력을 발휘하려면 그 대상이 죽은 상태여야 하며 그런 방식의 장례를 치를 수 있을 정도로 부유한 고위 계급이어야 했기에 매우 제한적인 관습이었다. 그럼에도 불구하고 이런 종류의 마법은 현실의 물리적인(형이상학과 반대되는 의미의) 영역에서보다 훨씬 더 단단하게 정보를 신원에 엮는 것이다.

왜냐하면 현실에서의 패스워드는 인증 대상이 진정 누구인지를 증명하기보다 그 사람이 특정한 정보를 알고 있는지를 증명하는 데 그친다는 치명적인 결함을 갖기 때문이다. 『천일야화』나 『해리 포터』 시리즈같이 마법 체계에 기반해 쓰인 문학 작품들은 현실의 패스워드가 가진 결점들을 완화할 수 있다. 「알리바바와 여종에게 몰살된 마흔 명의 도적 이야기」에 등장하는 패스워드에는 두 번째 경로가 애당초 존재하지 않아 이에 대한 공격을 당할 여지가 없다. 그 패스워드는 어찌 된 영문인지 항상 존재해 왔던 것이다. 한편 이 이야기는 패스워드가 외부에 노출되는 상황을 그림으로써 현실의 패스워드가 가진 취약성도 드러낸다. 반대로 『해리 포터』 시리즈는 관습적인 형태의 패스워드들을 묘사하는 동시에 그와 더불어 한층 이상적이고 마법적인 패스워드들(인증 대상이 가진 정보에 의지하지 않으며 그의 신원을 직접적으로 인식하는)도 보여 준다. 마지막으로 「룸펠슈틸츠헨」 같은 이야기에서는 힘을 지닌 말을 누군가의 신원에 직접적으로 엮으려는 시도를 볼 수 있다. 요정의 이름을 패스워드로 삼는 설정은 현실의 패스워드가 지닌 결함인 말과 신원의 괴리를 드러낸다. 이처럼 문학·문화·종교 영역은 마법이나 초자연성과 상호작용해 현실의 패스워드가 지닌 여러 단점을 종종 극복할 수 있었다.

3
디지털 시대의 P455W0RD5

디지털 기술과 인터넷은 오늘날 세상에 막대한 영향을 미치고 있다. 가장 괄목할 만한 점 중 하나는 시공간적 제약의 극복이다. 21세기에는 메시지를 지구 반대편까지 보내는 데 몇 주씩이나 걸리지 않는다(저가 항공편의 꾸준한 수요를 보면 우리가 여전히 상대를 직접 접촉하기를 더 선호하는 것 같긴 하지만). 나아가 디지털 시대는 물리적 거리가 가하는 제약을 극복했을 뿐 아니라, 공간에 관한 은유에 비물리적인 영역까지 포함하게 되었다.[1] 우리는 하이퍼텍스트로 이루어진 웹사이트를 '방문'하며(사이트라는 말 안에 이미 '장소'라는 뜻이 담겨 있다), 온라인 논의 공간은 채팅'방'이라 불린다. 디지털 세상에는 가상의 환경, 포럼, 공간, 장소, 위치, 방, 홈페이지 등을 지칭하는 공간적 은유가 차고 넘친다.[2] 한편 이러한 디지털 현상들은 공간으로 인식될 뿐 아니라 전자책, 페이스북, 페이지와 같이 텍스트와 읽기를 바탕으로 한 정보와 통신의 공간이기도 하다. 마지막으로 디지털 환경들은 서핑, 스크롤, 클릭, 엔터, 로그인 등의 행위가 일어나는 장소다. 요컨대 우리가 언어적으로 디지털 기술(특히 인터넷)을 규정하는 방식은 패스워드로 보호되는 '현실 세계'의 세 영역, 즉 공간·정보·행위와 관련되어 있다. 그러므로 디지털 세계가 발전함에 따라 신원을 확인하고 접근을 통제하는 수단인 패스워드가 새로운 방식으로 적용되는 것은 전혀 놀라운 일이 아니다.

오늘날 컴퓨터에 접속할 때 사용자가 처음 통과해야 하는 관문은 패스워드 입력이다. 우리 삶이 한층 디지털화함에 따라 사생활 및 사유재산의 기반이 되는 온라인 자원들에 대한 접근을 통제해야 할 필요성도 강화되고 있다. 이는 앨런 리우가 이른바 오늘날의 "보안에 대한 비현실적인 갈망"이라 표현한 것이다. 이 갈망은 정보화 시대에 네트워크에 접속하고자 하는 무한한 (그리고 아마도 그 갈망과 상충할) 욕망에 대응한다. 우리가 더 많이 접속할수록 우리의 정보 시스템에 접근하기도 모두에게 더 쉬워진다. 사실상 보안(접근의 통제)을 포기하지 않고 접속성(접근)을 높이는 것은 불가능에 가깝다. 최고의 보안 조치는 컴퓨터를 인터넷으로부터 완전히 격리하는 것이다. 그런 맥락에서 패스워드 입력 화면은 접속의 필요성과 그와 상반되는 무한한 보안이라는 신학 사이의 괴리를 채워 주는 일종의 보여 주기식 보안 조치security-theater라고 할 수 있다. 패스워드 입력 화면은 거대한 상호 연결의 세계에서 보안과 접근 통제라는 종교의 핵심적인 도상학적 상징이 되었다. 이것은 '보안의 형이상학'이며 앨런 리우에 따르면 패스워드란 "초월적인 보안을 위한 우리의 서약"이다.[3]

한편 20세기 후반에는 수학과 컴퓨터과학이 패스워드에 적용되어 공유된 비밀이라는 개념을 크게 바꾸어 놓았다.[4] 당시 보안 메커니즘들은 공개된 결과를 생성하는 공개된 프로세스나 알고리즘을 이용했다. 지금은 응답자가 입력한 데이터가 직접 최종 결과를 생성하는 것이 아니라 특정 프로세스를 거쳤을 때 최종 결과를 생성할 수 있는 중간 단계의 결과를 생성한다. 이는 단방향의 비가역적 알고리즘의 개발과 이전의 패스워드에서는 볼 수 없었던 비대칭성 개념에 기반하는 것으로, 그 결과 오직 한 사람만이 비밀을 알게 된다. 이 같은 오늘날 환경에서는 실타래를 이용한 테세우스의 대칭적인 공략법은 소용이 없으며, 들어온 것과 동일한 경로로 미로를 탈출하기란 불가능하다. 바야흐로 일방통행로의 시대, 비대칭성의 시대가 열린 것이다.

암호화 해시 함수

디지털 비대칭성에 대한 탐험을 시작하는 가장 확실한 방법은 암호화 해시 함수cryptographic hash function와 이를 이용해 패스워드 문제를 해결하는 가장 간단한 사례를 보여 주는 것이리라. 앞서 다루었듯 모든 패스워드 시스템에서는 반드시 비밀 정보가 사전에 관련자들 사이에 공유되어야 한다. 이를 컴퓨터 환경으로 가져오면, 접속 대상인 원격 컴퓨터에 사용자의 패스워드 사본이 저장되어 있어서 사용자가 로그인하려 패스워드를 입력하면 이 둘을 비교해 일치 여부를 판단한다. 동굴 입구에서 초자연적인 의식을 치러야 하는 알리바바 이야기의 마법 시나리오와 달리 이 경우에는 컴퓨터가 여러분의 패스워드를 지정된 위치에 저장해 추후 로그인 시마다 입력된 패스워드와 비교한다. 그러나 사람 간의 대화와 달리 컴퓨터에 저장된 정보는 다른 사람에게 가로채일 위험이 매우 크다. 컴퓨터가 그 정보를 읽을 수 있다면 해당 컴퓨터에 접근 가능한 누구나 그렇게 할 수 있기 때문이다. 이는 패스워드가 단순한 평문으로 저장된다면 시스템의 침입자에 의해 그 시스템을 이용하는 모든 사람의 패스워드가 노출될 수도 있다는 것을 의미한다. 『해리 포터』이야기에서 독심술가들에게 공격('레질리먼스'Legilimens)받는 마법사처럼 컴퓨터는 외부의 공격에 매우 취약하다. 이것이 다른 방어 기법들과 더불어 암호화 해시 기법이 등장한 배경이다.

암호화 해시 함수는 입력된 메시지를 처리해 다이제스트를 출력하는 단방향 알고리즘 프로세스다. 다시 말해 이 프로세스는 어떤 텍스트를 입력받더라도 그와 다른 그러나 고유하게 대응되는 다이제스트를 출력한다. 따라서 동일한 메시지가 입력되면 여러 번 실행되어도 동일한 다이제스트를 출력한다. 또 출력 텍스트(다이제스트)를 이용해 입력 텍스트(메시지)를 생성하기가 불가능하기 때문에 이를 '단방향' 프로세스라 부른다. 예를 들어 MD5Message Digest 5 알고리즘을 적용할 경우 'object lessons'라는 메시지를 입력하면 언제나 '1d67a7d36f9be2e642bd3bd3fc14071a'라는 다이제스트가 생성된다. 이 다이제스트가 그 형태상 입력 텍스트와 닮은 점이 전혀 없는 것은 분명하나, 중요한 사실은 이 알고리즘에서 '1d67a7d36f9be2e642bd3bd3fc14071a'라는 다이제스트만 가지고는 입력 텍스트가 'object lessons'임을 유추하기가 불가능하다는 것이다. 내가 여러분에게 '495b3e607e3eaf05d987ac81ba6cd0d5'라는 다이제스트만을 준다면 여러분은 그에 대응하는 입력 메시지가 담고 있는 내 부끄러운 사생활과 관련된 내용을 전혀 볼 수 없을 것이다(이는 내가 바라는 바이기도 하다). 다이제스트는 '암호'화된 메시지라기보다는 손가락의 지문에 가깝다. 즉 어떤 대상에 고유하게 대응되지만 그 대상 자체, 예컨대 손가락은 아닌 것이다. 실제로 이 알고리즘에서 다이제스트는 입력 텍스트 전체를 담고 있지 않다. 입력 메시지의 일부를 의도적으로 잘라낸 뒤 남은 부분을 처리해 다이제스트를 생성하므로 다이제스트를 이용해 원본 메시지를 복원하는 것은 원천적으로 불가능하다.

해시 함수가 일종의 언어라고 생각해 본다면 이것이 얼마나 기묘하고도 철저한 단절인지 알 수 있다. 『해리 포터』에 등장하는 파셀텅과 마찬가지로 이는 이제껏 발명된 것 중 가장 신기한 번역이 아닐 수 없다. 이해를 돕기 위해 가상의 언어를 하나 상상해 보자. 다른 언어에서 이 언어로 번역할 수는 있지만 이 언어에서 다른 언어로 번역할 수는 없다. 또 (예를 들어) 영어에서 이 가상의 언어로 번역할 때마다 번역된 텍스트는 매우 명확해 판단이나 감정의 여지가 없다. 하지만 다시 영어로 되돌리기는 불가능하다. 이는 정확히 동일한 의미의 영어 텍스트로 번역하기가 어렵다거나 정확히 어떤 단어를 선택해야 할지 애매하다는 의미가 아니다. 대응되는 텍스트를 복원하기가 아예 불가능한 것이다. 이 가상의 언어는 인류 역사상 존재했던 그 어떤 언어나 번역 방식과도 다르기에 암호화 해시 함수의 특징을 잘 드러내 주는 비유라 할 수 있다. 「서론」에 등장했던 테세우스 신화의 미로를 참조해 설명하면, 암호화 해시 함수는 주인공이 발을 내디딜 때마다 지나간

바닥이 무너져 내리는 미로라 할 수 있다. 또 마크 대니얼레프스키의 파격적인 소설 『하우스 오브 리브즈』House of Leaves, 2000의 소재인 내부 공간 구조가 변하는 집도 이와 유사하다. 이 집의 중심으로 더 깊이 들어갈 수는 있지만 빠져나올 길은 없다.

그렇다면 컴퓨터가 원래의 패스워드를 모를 때 암호화 해시 함수는 구체적으로 어떻게 사용되는가? 원래의 패스워드를 모른다면 패스워드 응답이 올바른지 확인하기도 불가능하지 않을까? 이 '언어'와 그것의 '번역'은 무용지물 아닌가? 그렇지 않다. 컴퓨터는 로그인 순간 사용자의 입력을 다시 한 번 해시 처리해 사전에 저장된 패스워드의 해시 값과 비교한다. 해시 알고리즘은 하나의 입력 값에서 항상 동일한 결과를 신속하게 출력하므로 컴퓨터는 사용자의 입력으로부터 출력된 해시 값이 올바른 값인지 판별할 수 있는 것이다. 이 '언어'는 분명 사람들 간의 의사소통에는 쓸모없을 것이다. 그러나 일정 시간이 흐른 후에(패스워드의 시간성) 누군가가 동일한 무언가를 알고 있는지를 판별하는 데는 매우 유용하다.

이 방식의 기본 아이디어는 공격자가 사전에 저장된 해시 값을 손에 넣더라도 사용자의 패스워드를 알아낼 수는 없으며, 따라서 같은 패스워드가 여러 서비스에 사용되어도 안전하다는 것이다. 하지만 그렇다고 암호화 해시 함수를 공격할 방도가 없는 것은 아니다.

가장 손쉬운 방법은 무차별 대입 공격brute-force attack이다. 이는 올바른 해시 값을 얻을 때까지 차례대로 최대한 많은 패스워드 조합을 입력해 보는 방법으로 성공 가능성이 높다고는 할 수 없다. 공백·대문자·소문자·숫자·특수문자를 포함한 열 자리 패스워드를 만들 수 있는 조합의 수는 60,510,648, 114,517,025,000개나 된다. 2016년 기준으로 평범한 개인용 컴퓨터를 이용한다면 이 모든 조합을 MD5 알고리즘 함수에 대입해 보는 데 22만 년의 시간이 소요된다.[5] 이 때문에 복잡한 패스워드가 큰 힘을 발휘하는 것이다. 만약 패스워드가 사전에 등장하는 일반적인 단어로만 이루어져 있다면 공격자는 손쉽게 해당 목록의 단어들을 사용해[목록에 있는 단어들을 우선적으로 해시 함수에 대입해 봄으로써] 패스워드를 깨는 데 걸리는 시간을 획기적으로 단축할 수 있을 것이다.

물론 공격자들은 잠재적인 패스워드 값들에 대한 해시 값을 미리 계산해 데이터베이스에 저장해 두었다가 그로부터 일치하는 해시 값을 검색하는 식으로 공격 속도를 높일 수도 있다(해시의 계산보다는 검색이 훨씬 더 빠르다). 언어/번역의 비유를 사용하자면 이것은 단방향 언어를 위한 사전을 만드는 것과 비슷하다. 하지만 단순히 단어들의 '사전'이 아니라 모든 가능한 문자의 조합이기 때문에 그 수는 처리 불가능할 정도로 커진다.[6]

두 번째 유형의 공격은 ─ 실행하긴 어렵지만 암호화 해시 함수의 보다 근본적인 결함을 이용한 ─ 충돌 공격collision attack이다. 이는 동일한 다이제스트를 생성하는 두 개의 입력 메시지를 찾는 방식이다. 다시 한 번 가상의 언어를 예로 들면 영어 단어 dog와 cat이 이 언어에서는 동일한 단어로 번역되는 경우라 할 수 있다. 해시 함수가 완벽하게 설계되었다면 이러한 공격이 불가능하겠지만 현실은 그렇지 않다. 공격자들은 동일한 하나의 출력 다이제스트에 연결되는 여러 개의 입력 메시지를 생성하는 법을 종종 발견했으며, 그에 따라 해당 해시 알고리즘들의 보안성이 심각하게 약화되었다.[7] 이는 해커들이 원래의 패스워드와 전혀 다른 패스워드를 이용해 여러분의 계정에 접근할 수도 있음을 의미한다.

1970년대 후반에 이르러 초창기 암호화 해시 함수들이 설계되고 타당성 조사가 진행되기 시작하면서 공유된 비밀에 대한 새로운 사고방식이 촉발되었다.[8] 제2차 세계대전 이후에 컴퓨터과학이 발전하고 암호·보안 분야에 수학적인 접근 방법이 활용됨에 따라 두 번째 경로의 안전을 담보할 수 없게 되었는데, 이는 해시 함수를 사용하게 된 중요한 계기가 되었다. 반대로 말하면 결과로부터 입력 메시지를 유도할 수 없도록 하는 수학적 처리에 기반한 신원 확인 시스템은 사전에 공유된 비밀을 탈취하는 고전적인 방식만으로는 더 이상 뚫리지 않는다는 뜻이다. 이로써 내 부끄러운 비밀 메시지는 안전하다.

무서운 비대칭성

패스워드를 확인하는 데 암호화 해시 함수가 도입됨으로써 보안 분야에 매우 중요하고 유용한 발전이 이루어졌지만, 이보다도 더 획기적인 발전이 있었으니 바로 공개 키public key 암호화, 즉 비대칭식 암호화 기술의 발견과 구현이다. 공개 키 알고리즘들이 개발되기 전에 모든 패스워드 시스템은 어떤 의미에서 대칭식이었다. 앞서 존재했던 모든 패스워드 시스템에서는 신원을 확인하거나 메시지를 해독하기 위해 비밀이 모든 당사자에게 전달되어야 했던 것이다.

대중문화에서는 패스워드와 암호화를 묘사할 때 여전히 이러한 구식의 대칭식 패스워드를 주로 사용한다. (아주 끔찍한) 영화 「스워드피시」Swordfish, 2001에서 주인공 스탠리 잡슨(휴 잭맨)은 일련의 강압적이고 '집중을 방해받는' 상황에서 미 국방부 시스템을 해킹할 것을 강요받는다.[9] 그가 패스워드 입력 화면을 우회하기 위해 일종의 코드를 사용하는 설정임에도 불구하고 이 과정에서 보이는 것은 여전히 전형적인 패스워드 입력 화면이며, 잡슨은 올바른 패스워드를 추측하는 데 몇 번 실패하기도 한다. 현금 지급기에 틀린 패스워드를 세 번 입력하면 계정 자체가 잠겨 버리는 끔찍한 경험을 연상시키는 이 플롯에서 마침내 잡슨은 마지막 시도에 패스워드를 알아맞힌다. 이 영화에서 묘사되는 것은 일종의 삼진 아웃 프로세스로, 사전에 공유된 비밀 정보를 추론해 맞혀야 한다.

이처럼 단순히 비밀 단어를 추측해 화면에 입력하는 모습이 영화로 시각화하기에는 편리한 것이 사실이다. 그러나 여러분은 오늘날의 암호와 신원 인증 시스템이 이보다 더 정교하다는 말을 듣더라도 놀랍지 않을 것이다. 비대칭식 시스템에서는 메시지를 보내려면 두 개의 키가 필요하다. 하나는 공개 키로, 송신자가 메시지를 암호화하고 전송하는 데 사용한다. 여러분이 내게 비밀 메시지를 보내고 싶다면 내 공개 키를 이용해 그 메시지를 암호화해 전송하는 것이다. 다른 하나는 비밀 키private key로, 수신자만 갖고 있으며 수신한 메시지를 복호화하고 읽는 데 사용한다. 여러분이 내 공개 키를 이용해 메

〈그림 3〉 비대칭 암호화 · 복호화 프로세스

시지를 암호화하면 나는 나만의 비밀 키를 이용해 복호화하
는 것이다.

비대칭식 암호화 절차가 신원 확인에 사용될 수 있는 방법
은 두 가지가 있다. 하나는 그 자체가 패스워드 시스템으로
사용되는 것이며 다른 하나는 「스워드피시」 같은 영화에서
봤듯이 어떤 인증을 대체하는 것이다. 전자는 단순 메시지 중
계 방식이다. 앨리스에게 '안녕'이라는 메시지를 보낼 때 나
는 앨리스의 공개 키를 이용해 메시지를 암호화하며, 앨리스
라고 주장하는 사람이 메시지 내용을 확인해 주면(그녀는 비
밀 키를 가지고 있으므로) 나는 그 사람이 앨리스라고 확신하
게 될 것이다.[10] 그러나 지도로 인식하는 공간이 현실의 공간
과 완벽히 일치하지 않듯, 대리 도구[비밀 키]로 인증한 신원
도 맹신해서는 안 된다. 비대칭 암호화 알고리즘이 완벽하다
고 가정했을 때, 내가 위의 과정에서 증명한 것은 내가 보낸
메시지를 받은 사람이 그 메시지를 복호화할 수 있는 비밀 키
를 갖고 있다는 사실뿐이다. 이 예시에서 대리 도구의 역할을

하는 것은 (비밀 키는 기억하기에 너무 길기에) 무언가를 아는 것이 아니라 그것을 갖고 있는 것이다. 이는 다른 형태의 패스워드들과 마찬가지로 한 사람이 어떤 특정한 사람임을 입증해 주지는 않는다.

이러한 문제로부터 '인증 기관'certificate authority이라는 비대칭 암호화의 두 번째 사용 방식이 파생되었다. 인증 기관은 널리 '신뢰'받는다고 간주되는 제3의 중개 기관으로, 하나의 공개 키가 어떤 고유한·주체에 속해 있음을 증명해 주는 역할을 맡는다. 이는 비대칭 암호화 기술이 신원이 아닌 소유를 증명할 뿐이라는 (앞서 언급한) 문제를 보완하기 위해 설계된 것으로, 제3자인 인증 기관이 개입해 해당 신원과 소유 간에 동치 관계가 존재함을[곧 어떤 키의 소유가 곧 특정 신원을 의미함을] 보증하는 것이다.

한편 신뢰·신원과 관련된 담론에는 흥미로운 점이 있다. 공개 키 암호 기법의 바탕이 되는 아이디어 중 하나는 그것이 투명성의 제고와 제3자의 보증을 통해 신뢰도를 높일 수 있다는 것이다. 투명하고 개방적인 사회에서는 신뢰도가 더 높을 것이라는 주장인데[11] 이것은 논리적으로 말이 안 된다. 신뢰도가 높은 사회라면 투명성에 대한 요구도 없을 것이기 때문이다. 내가 아내를 믿는다면 질투심에 사로잡힌 애인처럼 그녀에게 세세한 일정표를 요구하지는 않을 것이다. 투명성을 위한 자료들이 요구된다는 것은 곧 그 사회가 의심과 음모론 그리고 편집증으로 가득 차 있다는 것을 반증하는 셈이다. 즉 인증 기관에 공개 키의 인증을 요구하고 그 요구가 충족되었다고 해서 진정한 의미의 신뢰를 구축했다고 할 수는 없는 것이다. 애당초 우리가 서로를 불신하지 않는다면, '세상'이 악의로 가득 차 있다고 믿지 않는다면 우리에게는 인증 기관이나 암호화 기술 따위가 아예 필요 없을 것이다.

편집증과 불신의 문화에서 각광받는 이 공개 키 암호화 기술은 그럼에도 불구하고 외부의 공격에 매우 강력한 것이 사실이다. 대부분의 비대칭식 시스템은 큰 수를 소인수분해하는 것이 현실적으로 불가능하며 이를 위한 그 어떤 알고리즘도 존재하지 않는다는 수학적인 논리에 바탕을 두고 있다(큰 수라 함은 정말로 큰 수, 이를테면 백 자리 이상의 수를 말한다). 이러한 상황이 지속되는 한 비대칭식 암호화 기술도 계속 사용될 것이다. 그러나 여타 패스워드·암호화·보안 시스템과 마찬가지로 비대칭 암호화 기술 역시 그것을 보호하는 가장 약한 부분만큼만 안전하다.◇

실제로 인증 기관이 해킹당한 사례를 종종 발견할 수 있다(물론 내가 아는 한 휴 잭맨이나 존 트래볼타가 한 짓은 아니다).[12] 이런 일이 발생하는 인증 기관은 키 주인의 신원을 잘못 보증할 수 있으며, 더 이상 신뢰받을 수 없게 된다. 인증 기관이 키 주인의 신원을 올바르게 보증할 것이라고 전제되어 있기 때문에, 인증 기관이 해킹당했는데 그 사실이 내게 알려지지 않는다면 나는 악의를 가진 공격자에게 제한된 정보를 제공하거나, 제한된 행위를 할 권리를 주거나, 제한된 공간에 접근할 권한을 부여할 수도 있다. 따라서 인증 기관이야말로

◇ 지은이는 컴퓨터 보안 분야에서 불문율처럼 통용되는 개념인 'security system is only as secure as its weakest component'를 환기시키고 있다.

비대칭 암호화 키의 약한 고리라 할 수 있다.

문제는 비밀 키에도 있다. 비밀 키 파일은 사람이 기억하기에는 너무 길기 때문에 컴퓨터에 저장하게 되는데 이것이 공격의 빌미를 제공한다. 악의적인 공격자가 어떻게든 비밀 키가 저장된 컴퓨터에 침입할 수 있다면(선의를 가진 IT 기술자를 사칭해 사용자 컴퓨터에 접근한 뒤 패스워드를 알아내는 식의 이른바 사회공학적 공격social engineering attack과 같이) 이때도 '신뢰'의 시스템은 조용히 무너지게 된다. 비밀 키에 가해지는 이러한 공격들을 막아 내기 위한 방안의 하나로 비밀 키 파일을 다시 암호화하고 이에 패스워드를 적용하는 방법이 있다. 사용자에게 무언가를 '소유'하고 있을 것(비밀 키 파일)과 다른 무언가를 알고 있을 것(그 파일을 열기 위한 패스워드)을 함께 요구하므로 어떤 면에서는 이것도 일종의 다중 요소 인증 방식이라 볼 수 있다. 그러나 디지털 사물과 물리적 자산의 소유 사이에는 차이가 있다는 면을 고려하면 이는 다중 요소 인증을 흉내 낸 것에 불과하다고 하겠다.

앞서 나는 비대칭 키 시스템이 정보에서 소유ownership로의 패러다임 전환과 유사하다는 식으로 논했는데 실제로는 그보다 더 복잡하다. 많은 비대칭 키 기반 인증 시스템의 보안은 디지털 정보가 물리적 자산과 마찬가지로 고유하다는 다소 결함 있는 개념을 바탕으로 한다. 비밀 키 파일은 그 자체로 일종의 패스워드이지만 '절도'될 수 있기 때문에 또다시 별도의 패스워드로 보호된다. 그러나 비밀 키 파일이란 '소유'할 수 있는 것이 아니므로(비밀성의 대전제는 배타적 접근인데, 비밀 키 파일은 비경합성의 디지털 사물이며 무한히 복제 가능하다) 이는 진정한 의미의 다중 요소 인증이라 할 수 없다. 일반적 의미의 소유와는 다르게 비밀 키의 경우 '알고 있다'고 표현하는 것이 더 적절하다. 단지 그 정보가 지나치게 복잡하고 길기 때문에 컴퓨터 장치의 힘을 빌려 기억하는 것뿐이다. 그러므로 이러한 시스템의 보안을 유지하는 것은 디지털 메모리를 외부의 침입에서 지켜 내는 데 달려 있다.[13] 배타적 접근을 보호한다는 점에서 이는 물리적 자산과 얼마간 유사하지만 그 보호 대상은 사실상 정보에 가깝다. 이런 점에서 휘발성 및 비휘발성의 데이터 저장 매체를 메모리[기억]라고 부르는 은유는 완벽하지는 않을지라도 매우 적절하다.

이러한 사고방식은 우리를 이 장의 첫 부분으로 돌려보낸다. 소유란 본디 경합성의 물리적 자산(공간, 장소, 방, 사이트)에 적합한 개념이다. 패스워드나 키 같은 비물질적 사물들의 소유 개념을 언어적으로 논하기가 점점 어려워진다는 점은 패스워드에 시사하는 바가 있다. 여러분은 아마 패스워드나 비대칭 키가 저장된 하드디스크나 DVD 같은 저장 매체를 갖고 있을 텐데 그렇다고 해서 그 키를 소유하고 있다고 말할 수 있을까? 완벽하고도 무한히 복제 가능한 어떤 '사물'을 '소유한다'는 것은 과연 어떤 의미인가? 저작권법 사례를 살펴보면 이 어려움을 이해하는 데 도움이 된다. 먼저 여러분이 최근에 사진을 한 장 찍었다고 가정해 보자. 여러분은 아마 이 사진에 대한 저작권을 주장할 수 있을 것이며 법적으로 소유권을 가질 것이다. 설사 여러분이 이 사진을 공개해 온·오프라인에서 수천 명이 볼 수 있게 되더라도, 그리고 그에 따라 아무리 많은 사본이 생기더라도 여전히 여러분은 그 사진에 대한 법적인 권한, 즉 '소유권'을 가진다. 반면 저작권이 유지되는 전체 기간 동안 여러분이 그 사진을 소유했다고(그리고 편의를 위해 사진이 출판되었으나 유실되거나 손상되어 그 출판물에 접근할 수 없다고) 가정해 보자. 저작권이 만료되면 여러분은 사진의 사본들에 대한 법적인 소유권은 상실하겠지만 여전히 그 사진의 원본에 접근할 수 있으며 이는 그 누구도 그 사진의 사본을 만들 수 없다는 뜻이다. 손쉽고 무한하게 복제가 가능한 사물에 대해서는 두 종류의 소유, 즉 물리적인 소유와 법적인 소유가 동시에 존재할 수 있음을 보여 주는 이러한 현상은 비대칭 암호화 키와 관련한 보안에서도 똑같이 발견된다. 여러분은 키가 저장된 매체를 물리적인 접근으로부터 보호하려 노력할 수 있지만, 이것이 반드시 공격자들이 해당 키의 사본을 소유하지 않았음을 뜻하지는 않는다. 마찬가지로 법적·기술적 수단을 동원해 아이디어·내용물·표현을 보호하려 애쓸 수 있지만, 그 효과는 그저 물리적 접근과 네트워크상의 접근에 대한 보안에 그칠 것이다. 나는 소유와 정보를 다루는 다음 장에서 이 문제로 돌아올 것이다.

비대칭 암호화·패스워드 시대는 패스워드에 대한 과학적이고 수학적인 접근의 일환으로 열리게 되었다. 기초가 되는 수학 이론이 연구되고 그 알고리즘들이 컴퓨터과학으로 구현되는 과정이 없었다면 이러한 신원 인증 메커니즘들도 발명할 수 없었을 것이다. 이 장의 시작에서 언급했듯 우리는 (물리적인 유사물이 마땅찮은) 기술적 발전의 산물을 설명할 때 은유를 사용하곤 한다. 패스워드의 철학이 갖는 함의는 이제 기억[메모리], 자산, 정보, 공간 그리고 소유에 대한 은유로까지 확장되었는데, 비대칭 키에 기반한 암호화 기술은 이를 가장 명확하게 보여 주는 사례라 할 수 있다.

생체 인식

이 책을 쓰는 시점에 패스워드 분야가 이룬 가장 최근의 발전은 생체 인식biometrics 기술이다. 여러 기술 관련 미디어에서 이를 인정하는 (그러나 내가 보기에는 '기존의 패스워드 기술을 사장시키려는 음모'를 지닌 선제적인) 기사들을 내놓는 것을 보면 이를 알 수 있다.[14] 용어 자체가 암시하듯 생체 인식이란 유기물질(생체)을 측정하는 것(인식)을 의미한다. 이 기술은 신원 증명을 위해 정보나 소유 같은 대리 도구를 사용할 필요 없이 인간의 고유한 유전자 구성(일란성 쌍둥이는 예외)과 그에 따라 몸에 발현되는 물리적인 특성들(지문, 망막, 홍채, 얼굴, 목소리 등)의 측정으로 이를 대신할 수 있을 것이라는 발상을 바탕으로 한다. 그러나 늘 그렇듯 이 역시 그리 간단한 문제가 아니다.

생체 인식 기술 분야에서 가장 널리 인용되는 논문 중 하나를 보면 생체 인식 시스템 설계 시에 주의해야 할 일곱 개의 요소를 제시하고 있다.[15] 그 일곱 개 요소는 보편성universality, 고유성uniqueness, 영구성permanence, 수집 가능성collectability, 성능performance, 수용성acceptability, 우회성circumvention이다. 보편성이란 생체 인식 시스템의 모든 사용자에게 측정 대상이 되는 생물학적 요소가 있어야 함을 의미한다. 손이나 눈이 없는 사용자가 있다면 지문이나 홍채를 인식하는 시스템으로는 충분치 않을 것이다. 고유성은 각 사용자가 지닌 생체 정보가 다른 사용자들의 정보와 변별되어야 함을 뜻한다. 영구성은 시간이 지나도 사용자들의 생물학적 요소에 변함이 없거나 적어 비교적 안정적으로 측정이 가능해야 한다는 뜻이다. 수집 가능성은 생체 정보를 수집하기가 용이해야 함을 뜻한다. 성능은 시스템이 수월하게 생물학적 측정 결과를 사용해 신원을 올바르게 판별해야 한다는 점을 지시한다. 수용성은 생체 인식 기술 및 그에 따른 인증 과정이 사회적으로 받아들여져야 함을 뜻한다(예를 들면 사용자들이 홍채 스캔 과정에 거부감을 느끼지 않아야 한다). 우회성은 해당 시스템을 무력화시키기가 어려워야 함을 나타내는 용어다.

생체 인식에는 크게 두 가지 방식이, 즉 인증authentication과 신원 확인identification이 있다. 지금까지는 이 두 용어를 구별하지 않고 대강 동의어로 사용했지만, 사실 두 개념 사이에는 아주 미묘한 차이가 있다. 인증이란 어떤 개인이 하나의 신원과 일치하는지를 판별하는 절차로, 생체 인식의 영역에서는 그 개인이 사전에 저장된 특정한 정보에 일치하는 생물학적 패턴을 만들어 낼 수 있는지 여부와 관계가 있다. 반면 신원 확인은 데이터베이스에서 특정한 개인과 관련된 정보를 검색하는 것을 의미한다. 다시 말해 인증은 일대일one-to-one(과연 내 앞의 사람이 내가 가진 파일에 있는 정보와 일치하는 사람인가?), 신원 확인은 일대다one-to-many(내가 가진 파일의 수많은 기록 가운데 이 사람과 관련된 것은 무엇인가?)의 처리 과정이다. 지금 내 앞에 서 있는 이 사람이 '그 사람인가'와 '누구인가'라는 서로 다른 문제인 것이다.

비대칭식 패스워드의 시대인 21세기에 생체 인식은 흥미로운 기술이다. 어떻게 보면 생체 인식 접근법은 대칭적이다. 예를 들어 공격자가 시스템에 저장된 누군가의 홍채 패턴을 찾아낼 수 있다면 그것을 복제해 홍채 인식기를 속일 수 있을 것이다. 실제로 초창기의 홍채 인식기와 안면 인식기는 눈이나 얼굴 사진으로도 무력화되었다. 구현상의 기술적 제약 탓에 생체 인식은 대칭적 속성을 지니는 듯 보인다.

그러나 기술적 제약 없이 제대로 구현될 경우 생체 인식 기술은 비대칭적이게 된다. 이론적으로 우리에게는 맞춤형의 유기물질을 만들어 낼 능력이 없기 때문에 내 눈으로 문을 열 수 있다는 사실을 다른 사람이 알고 있어도 문제가 되지 않는다. 물론 유전공학이 발전하면 상황이 바뀔 수 있겠지만, 현재 생체 인식을 이용한 인증 시스템들은 간단한 전제를 바탕으로 한다. 유전자 정보를 포함한 개인의 정보가 공개되더라도 공격자가 정확하게 설계된 생체 인식 시스템을 우회할 수 없으리라는 것이다.

그렇다고 해서 잘 설계된 (즉 적격의 신체를 제시할 것을 요구하는) 생체 인식 시스템을 무력화하는 대개 폭력적인 가상의 상황들이 예상되지 않는 것은 아니다. 누군가의 신체 일부를 절단해 접근권을 획득하는 데 이용하는 사례를 주로 문학과 영화에서 볼 수 있는데, 잘 알려진 위키 웹사이트인 '티비 트롭스'TV Tropes는 이를 '신체의 차용을 통한 우회'borrowed biometric bypass라 칭한다.[16] 댄 브라운의 『천사와 악마』Angels and Demons와 워너브러더스의 1993년 영화 「데몰리션 맨」 Demolition Man에는 사이코패스인 악당이 홍채 인식기를 무력

<그림 4> 사이먼 피닉스는 소름끼치는 방법으로 신체의 차용을 통한 우회를
이용한다(「데몰리션 맨」의 한 장면, 워너브러더스 제공, 1993)

화하기 위해 인가된 사용자의 눈을 제거하는 장면이 등장한
다. 「데몰리션 맨」에서 그 소름끼치는 장면은 악당 사이먼 피
닉스(웨슬리 스나입스)가 감옥에서 탈출하는 부분에 나오는
데, 피닉스는 볼펜을 이용해 교도관의 눈을 뽑아 홍채 인식기
에 갖다 댐으로써 탈옥에 성공한다.

지금껏 논해 온 패스워드의 철학(정보나 소유를 누군가의
신원과 동일시하는 문제)과 관련해 생체 인식 시스템의 우회
는 특별한 의미를 지닌다. 즉 사람의 신체 일부가 다른 사람
에게 이전될 수 있다는 사실은 신원과 자아를 정의하는 데 있
어 중요한 함의를 갖는다. 위의 사례들에서 잘려 나간 신체
부위들은 인증 체계를 무력화하는 데 쓰일 수 있는 또 하나의
이전 가능한 물건으로 전락하며, 이에 신원과 신체의 연결은
단절된다. 생체 인식 보안 시스템을 우회하려는 악한에게 신
체란 신원과는 무관한 자산에 불과한 것이다.

정보와 신체의 복잡한 관계를 소재로 다룬 2002년 영화
「마이너리티 리포트」Minority Report는 이와 같은 신체의 차용

을 통한 우회를 좀 더 은유적이고 미묘한 방식으로 보여 준다. 필립 K. 딕의 1956년 동명 소설에 느슨히 기반한 이 영화의 세계에서는 세 명의 '예지자'가 살인 범죄가 발생하기 전에 미리 예측하고 경찰[프리크라임]은 이를 바탕으로 예측된 가해자를 체포한다. 그런데 경찰 팀장인 존 앤더턴(톰 크루즈)이 본인은 생각지도 못한 살인을 저지를 것이라고 예측되면서 영화의 줄거리는 흥미롭게 전개된다.

예지력을 소재로 한 대부분의 영화가 그렇듯 이 영화의 중심 주제 중 하나도 자유의지이다. 과연 자유의지로 인간의 운명을 바꿀 수 있는가? 그러나 보통의 관객이 놓치기 쉬운 것은 아마도 이 영화에서 신체가 얼마나 중요한 인증 장치로 다루어지는가일 것이다. 다음 예시만 봐도 분명히 알 수 있다. 「마이너리티 리포트」의 배경이 되는 미래 세계에서는 홍채 인식기가 사방 천지에서 사용된다. 그리하여 섬뜩한 한 장면에서 주인공은 정체를 들키지 않고 도시를 활보하고자 자신의 눈을 제거하고 새로운 눈을 삽입하는 수술을 받아 '야마모토'라는 신원을 얻게 된다. 하지만 그러면서도 보안 시설에 접근하기 위해 원래 눈을 버리지 않고 가방에 넣어 가지고 다닌다(쫓기는 처지가 되었는데도 주인공의 접근 권한이 박탈되지 않았다는 점이 줄거리상의 결점으로 지적되기도 한다).

더 가까이 들여다보면 이 영화에는 정보에 대한 접근을 획득하기 위한 몸의 절도가 두 번 등장한다. 프리크라임의 중추인 범죄 예측 시스템을 설립한 이는 세 예지자 중 한 명인 아가사의 어머니를 살해했다. 아가사의 예지력이 이 시스템에 핵심적인 역할을 하는데 그녀의 어머니인 앤 라이블리가 딸을 되찾으려 했기 때문에 이를 용납할 수 없었던 것이다. 이렇게 해서 아가사의 몸과 의식은 프리크라임에 의해 절도되어 미래의 정보를 얻는 데 이용된다. 야리 란치의 말을 빌리면 "미래에 대한 정보를 선제적으로 독점하려는 끊임없는 투쟁"이 등장하는 것이다.[17] 이 선제적인 정보 획득이란 곧 예지precognitive— 기본적으로 정보 및 생각과 관련된 정신적 과정— 이지만 이에 대한 접근은 신체의 통제를 통해 독점된다. 「마이너리티 리포트」에서 아가사의 몸은 미래의 정보를 선제적으로 독점하는 데 필요한 생체 측정biometric(유기적), 정신 측정psychometric(심리학적), 심령 측정psychimetric(초자연적)의 키로 작용한다.

영화에 등장하는 두 번째 절도는 줄거리의 중심을 이루는 내용이다. 살인을 저지를 것이라는 혐의를 받은 앤더턴은 '마이너리티 리포트', 즉 세 예지자 중 한 명이 나머지 두 명과 다른 미래를 본 드문 사례가 존재하는지 확인하려 한다. 그러나 이 범죄 예측 시스템은 잘못된 양성 판정false positive, 즉 범죄가 잘못 예측되는 오류로부터 보호되어야 한다. 시스템의 설계자 한 명이 지적하듯 "범죄 예측 시스템이 제 기능을 하려면 예측 결과에 대한 어떤 오류 가능성도 제기되어서는 안 된다". 이런 이유로 이 마이너리티 리포트[소수 의견]들은 시스템에서 폐기되고 "그것을 예측한 예지자" 안에만 저장된다.

그래서 앤더턴은 얼굴을 변형해 주는 강한 약을 이용해 프리크라임에 잠입한 다음 예지자인 아가사를 영양 탱크에서 꺼내 그녀를 데리고 시설을 탈출한다. 그는 아가사에게 그녀가 "정보를 담고" 있기 때문에 이렇게 할 수밖에 없다고 설명한다. 앤더턴이 그녀를 '훔치는' 영양 탱크는 아가사가 어린 시절 어머니로부터 절도되었음을 암시하듯 여성의 생식기관처럼 그려진다. 그렇지만 가장 중요한 것은 앤더턴에 의한 몸의 절도가 결국 정보에 접근하기 위한 것이라는 점이다. 이 영화의 세계에서는 누군가의 몸을 통해 그의 정신마저도 탈취할 수 있는 것이다. 아가사는 다시 한 번 온전한 인격체가 아닌 정보를 얻는 데 이용되는 신체, 절도된 물건으로 환원되고 마는데, 이는 한 인간의 능력, 정체성과 자아를 순수히 그의 몸에 결합하려는 생체 인식 기술의 의도와는 매우 상반되는 것이다.

생체 인식 시스템과 이를 우회하는 방법이 제기하는 문제들은 인간 자아의 본성이라는 주제와 관련되어 있다. 과거의 패스워드 시스템들에서는 정보가 신원의 대리 도구였다. 즉 사전에 공유된 정보를 알고 있는지를 바탕으로 그 사람의 신원을 인증하는 것이 이러한 시스템들이 할 수 있는 최선이었다. 1970년대 들어 패스워드에 수학적 기술들이 적용됨에 따라 소유와 정보 개념이 복잡해지기 시작했다. 외부화된 기억[메모리], 즉 가상의 '공간'에 저장된 정보에 접근하려는 잠재적 공격으로부터 물리적인 공간(하드디스크, 네트워크에 연결된 컴퓨터 시스템)에 대한 접근을 보호하는 것이 화두가 되었다. 마지막으로 만약 정보로도 불충분하며 외부 저장 매체에도 보안적 결함이 있다면 누군가의 몸을 그의 신원에 연결해 이를 극복할 수 있지 않겠느냐는 아이디어가 등장했다.

안타깝게도 이 아이디어에도 결함이 있다. 누군가의 몸이 변하더라도 그는 여전히 같은 사람이다. 신체의 차용을 통한

〈그림 5〉 자궁을 연상시키는 영양 탱크와 그 안의 예지자들(「마이너리티 리포트」의 한 장면, 20세기 폭스 제공, 2002)

우회의 사례는 생체 인식 시스템을 무력화시키기 위해 사람의 몸을 훼손하는 끔찍한 상황을 야기할 수 있다. 다른 한편으로 사고를 당해 뇌가 손상된 사람 역시 그 전과 같은 사람이다. 그가 신원 인증을 위해 사용했던 정보를 더 이상 기억하지 못할 수도 있지만 그렇다고 해서 그 사람의 핵심 정체성이 바뀐 것은 아니다. 물론 '핵심 정체성'이라는 표현을 사용한다고 해서 한 사람에게 절대불변의 천부적인 본질이 존재한다는 뜻은 아니다. 인간이란 각자의 복잡한 유전자 구성과 주변 환경이 상호작용한 결과이며, 시간이 지나면서 바뀔 수 있는 존재이기 때문이다. 내가 지적하고 싶은 점은 그저 한 사람이 패스워드 시스템이 추구하는 형식화와는 다른 직관적인 방식으로 다른 사람을 인간이자 특정한 개인으로 인식할 수 있다는 말이다. 다시 말해 신원 인증 메커니즘(특히 기술에 의존하는)은 사람들을 식별하기 위해 정보나 몸 같은 대리 도구를 사용하지만 이 대리 도구들만으로는 충분하지 않다. 한 인간이란 단순히 그의 뇌나 몸이 아니며, 나아가 그 둘의 조합도 아니다. 다른 어떤 현상보다도 패스워드, 수학 그리고 생체 인식은 세속화가 진행되었음에도 우리가 여전히 인간과 개인이 어떤 존재인지 제대로 정의 내리고 있지 못하고 있다는 점을 생생히 보여 준다. 우리가 실패에도 불구하고 형식화하고자 하는 이 대상을 두고 어떤 사람들은 개인의 '본질'이라고 부르며, 또 다른 사람들은 '정체성', '자아'라고, 심지어 '영혼'이라고 부르기도 한다.

4
신원

패스워드란 신원 확인과 인증의 메커니즘일 뿐 아니라, 다양한 형태를 통해 인간의 신원·정보·신체와 관련된 보다 광범위한 화두를 던지는 개념임이 이제 분명해졌을 것이다. 패스워드가 공간·정보·실행에서 누군가를 배제하는 도구라는 점도 밝혀졌다(그리고 패스워드 자체가 공간·정보·실행의 형태를 취하기도 한다). 이 장에서는 신원이라는 개념이 패스워드가 야기하는 여러 문제와 어떻게 연관되는지를 더 깊이 탐구해 보고자 한다. 특히 패스워드의 진화에 따라 등장한 '신원 절도'identity theft라는 수사적 표현에 주목할 것이다. 경제가 보편적인 언어로 부상하는 가운데 디지털 기술이 발전함에 따라 언젠가부터 패스워드가 당연시되기 시작했고, 이에 온라인상으로 민감한 정보를 다루는 조직들—주로 금융기관—은 특정한 사람과 동일한 무언가를 알고 있는 사람을 곧 그 사람으로 취급하게 되었다. 실제로 '신원 절도'라는 표현은 악한이 정보를 불법으로 이용해 다른 사람에게 정당하게 귀속되는 사회적 역할, 예컨대 은행 계좌에 접근할 권리나 사회보장 혜택을 요구할 권리 등을 탈취할 수 있음을 의미한다.

그러므로 신원 절도 담론은 개인의 '신원'이 사회에서 그가 수행하는 기능들, 그만이 무언가를 알고 있기 때문에 접근 가능한 기능들의 총합 정도로밖에는 인식되지 않는 세상에서나 가능하다. 이것이야말로 신원 절도라는 표현에 담겨 있는 선명한 메시지이다.

비경합 영역에서의 '절도'

2장에서 우리는 다양한 문학 형식을 통해 왜 패스워드가 배타성을 필요로 하는지 살펴보았다. 더 많은 사람에게 패스워드가 노출될수록 해당 시스템은 그만큼 취약해진다. 반대로 우리는 패스워드가 종종 정보 형태를 취한다는 사실도 논했다. 정보란 비경합성 사물로서, 원래 주인이 접근 권한을 상실하지 않고도 무한히 복제될 수 있다. 그러므로 신원 절도의 의미를 고민하기에 앞서 무엇보다도 디지털 시대에 '절도'가 무엇을 뜻하는지를 이해해야 하며, 그러려면 정보와 자산의 본성을 더 깊이 생각해 보아야 한다.

3장의 내용을 잠시 되짚어 보자. 지적 재산에 대한 인위적인 법 관념은 무단 복제와 절도 간의 수사적 비유를 바탕으로 최근까지 유지되고 있다. 그러나 복제와 절도 사이에는 큰 차이가 있다. 절도란 다른 사람의 자산을 부당하게 취득해 그 사람에게서 접근권을 박탈하는 것이다. 예컨대 영국 법률에는 절도와 관련해 다음과 같은 항목이 있다. "타인의 물건을 그에게서 영구히 박탈할 의도를 가지고 부당하게 취득하는 자는 유죄다."[1] 주에 따라 다소 차이가 있지만 미국 법률에서도 절도죄 항목은 다음과 같은 두 개의 공통 요소로 이루어진다. 1) 자산의 부당한 취득, 2) 원래 주인에게서 그것을 박탈할 의도.

해적판 영화의 유통에 따른 저작권 침해를 막으려는 집단들은 지적 재산의 복제를 절도에 비유했다. 예컨대 2005년 미국영화협회Motion Picture Association of America가 주도한 악명 높은 캠페인 '저작권 침해, 그것은 범죄입니다'Piracy: It's A Crime는 그러한 연관성을 분명하게 주장했다. "차를 훔치면 안 됩니다. 핸드백을 훔치면 안 됩니다. 텔레비전을 훔치면 안 됩니다. 영화를 훔치면 안 됩니다. 해적판 영화를 다운로드하는 것은 훔치는 것입니다. 훔치는 것은 법을 어기는 일입니다." 그러나 여전히 많은 나라에서 저작권 위반은 절도로 취급되지도 않고 형사상의 범죄도 아니다. 이 지점에서 중요한 사실은 해적판 영화를 다운로드한다고 해서 원래 주인이 소유권을 박탈당하지는 않는다는 것이다. 해적판 영화의 유통이 저작권자의 미래 이익을 침해할 소지가 있는 것은 사실이나, 이 침해의 정도를 산정하기가 현실적으로 힘들기 때문에 이를 절도의 범주에 포함하기는 매우 까다롭다. 다운로드는 복제 행위이므로 다운로드하는 사람이 새롭게 어떤 사물에 접근할 수 있게 되더라도 원래 주인 역시 같은 사물을 계속 보유할 수 있다.

정말이지 디지털 세상에서 절도를 논하기란 심지어 돈에 관해서라도 만만찮다. 이전 시대에는 돈이 지폐나 주화처럼 물리적인 형태를 띠고 있었기 때문에 불법으로 돈을 취득하는 방법이라곤 위조화폐를 찍어 내거나 다른 사람의 화폐를 훔치는 것뿐이었다. 디지털 시대에는 상황이 다르다. '돈'이란 보통 컴퓨터 시스템에 저장된 수치를 의미한다. 이에 따라 무한한 복제가 가능한 디지털 시대에는 절도에 대한 전통적인 법적 정의가 더 이상 유효하지 않다는 목소리들이 등장했다. 예컨대 재런 래니어는 이러한 디지털 화폐의 특성을 들어 해적판 미디어의 다운로드가 원래 주인의 소유권을 박탈하지 않는다고 해서 절도가 아니라고 한다면 마찬가지로 "은행 시스템을 해킹해서 자신의 계좌에 손쉽게 돈을 추가하는 행위"도 절도라 할 수 없지 않겠느냐고 주장한다. 그러나 이는 다소 혼동된 은유적 시각이다. 범죄자가 "경제 시스템이 동작하는 데 필요한 인위적인 희소품"을 탈취했다고 보는 것은 적절하다.[2] 그러나 이는 절도보다는 자신의 자산을 사회적·법적 계약에 어긋나는 불공정한 방식으로 불리는 행위, 즉 사기 fraud에 가깝다.

패스워드는 (여타의 디지털 및 정보 '사물'과 마찬가지로) 물리적인 자산이 아니다. 정보는 절도될 수 없다. 허가받지 않고 정보에 접근해 복제할 수는 있지만 법적으로 이를 절도라 할 수는 없다. 그렇다면 왜 1990년대 후반부터 '신원 절도'라는 용어가 '신원 사기'보다 각광받게 된 걸까? 신원이 진정한 의미에서 절도될 수 없다는 것은 분명하다(신원을 증명하는 데 사용되는 패스워드 같은 대리 도구라면 모를까). 그럼에도 불구하고 '신원 사기'identity fraud나 그보다도 더 정확해 보이는 '허가되지 않은 접근'unauthorised access 같은 적당한 표현을 놔두고 '신원 절도'라는 용어가 널리 쓰이게 되었다. 도대체 왜?

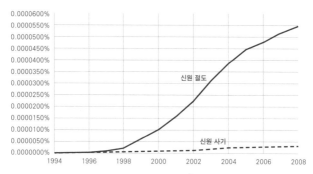

〈그림 6〉 구글북스의 1994~2008년 말뭉치corpus[3]에서 패스워드 메커니즘의 우회를 의미하는 용어로 '신원 절도'가 사용된 사례의 증가 추세를 확인할 수 있다. 그래프는 구글의 허가를 받아 게재(https://books.google.com/ngrams/info)

위험 떠넘기기

나는 적당한 대안들이 있음에도 '신원 절도'라는 용어가 더 널리 쓰이는 이유는 결함 있는 신원 인증 시스템을 보유한 많은 기관에게 책임을 회피할 여지를 주기 때문이라고 생각한다. 이 기관들은 위험을 회피하고 어느 정도 보안을 희생함으로써 고객들에게 편의를 제공할 수 있다. 이러한 위험 회피가 어떤 방식으로 이루어지는지는 그 방식을 서술하는 서로 다른 문구를 체계적으로 분석해 보면 알 수 있다. 이하의 분석 전반에 걸쳐 온라인 인증 시스템들이 신원을 바탕으로 신뢰를 구축하는 사회적 기능을 담당하고 있다는 사실을 명심하자. 이 인증 시스템들에 결함이 있다고 해서 그 사실이 결함이 노출되었을 때 책임을 피하는 변명으로 이용되어서는 안된다. 한편 소비자인 우리 역시 이러한 인증 시스템들을 사용할 때 보안이 중요하다는 사실을 알면서도 편리함을 추구하기 마련인데, 이 두 측면은 상호 보완적이기보다는 상호 대립적이다.

패스워드와 온라인 인증 시스템이 널리 쓰이기 때문에 우리는 이들이 인증 문제에 대한 최선이자 유일한 해법이라도 되는 듯 아주 자연스럽게 받아들이는 경향이 있다. 하지만 이런 태도는 위험하다. 패스워드 시스템이 완벽하다고 가정하면 문제가 발생했을 때 사람이―특히 피인증자가―책임을 져야 하는 상황이 초래될 수 있기 때문이다. 논의를 더 진전시키기에 앞서 미리 밝혀 두고 싶은 점은, 다음 절에서 주로 다룰 금융기관들의 경우 비록 그들이 '신원 절도'라는 용어를 사용하기는 하지만 정말 그런 상황이 발생하면 스스로 위험을 떠안고 도난당한 고객의 돈을 보전해 주는 일이 많다는 것이다(때로는 기관의 이미지 관리 때문에, 때로는 정부의 규제 때문에). 그러나 미래에는 어찌 될지 알 수 없는 일이다. 앞으로 신원 절도가 언어학적으로 타당한 개념으로 정착해 표준화된다면 금융기관들의 대응도 얼마든지 바뀔 수 있다.

만약 신원 절도 대신 '허가되지 않은 접근'이라는 용어가 사용된다면, 허가는 누가 하는 것이며 허가와 인증은 어떻게 다르냐는 문제가 즉시 발생한다. 누군가가 내 은행 계좌를 해킹했다고 해 보자. 내가 그 행위를 허가하지 않은 것은 분명하다. 일반적으로 사람들은 오로지 자신만이 자기 돈을 관리할 권한을 갖기를 원하기 마련이니까. 그런데 어떤 공격자가 내 패스워드를 알아내 은행의 인증 시스템을 통과하게 되면 그 시점부터 해당 메커니즘은 공격자를 나로 오인해 나만이 할 수 있는 모든 행위의 권한을 그에게도 부여할 것이다. 이 시나리오에서는 은행의 절차에 심각한 문제가 생겼고 나는 그 공격자에게 무엇도 허가하지 않았기 때문에 이 사태에 책임이 없다. 은행 인증 시스템의 보안이 충분치 않아 나와 공격자를 구별하지 못했고 그 결과 인증 오류가 발생한 것이다. 또 이 오류로 인해 시스템(그리고 함축적으로 은행)은 공격자에게 내 권한을 허가하는 추가 오류까지 범했다. 은행의 입장에서는 이 상황을 두고 '허가되지 않은 접근'이라는 용어를 사용하면 오류의 책임을 거의 전적으로 스스로에게 돌리는 최악을 선택하는 셈이라 할 수 있다.

역으로 '신원 사기'라는 표현을 사용하면 은행의 역할이 약간 달라진다. 이 표현은 은행이 한 개인을 식별하는 데 실패한 것은 사실이지만 은행 역시 피해자라는 인상을 준다. 인증 오류는 사용자의 잘못도, 그렇다고 전적으로 은행의 잘못도 아니라는 식으로 말이다. '신원 사기'라는 용어는 책임을 다른 사람의 신원을 사칭하는 행위 자체로 돌릴 수 있게 해 준다. 은행도 이 사기에 조치들을 취해야겠지만 그럼에도 은행 입장에서는 금전적인 손해에 더 적은 책임을 지도록 해 줄 이러한 해석을 더 선호할 만하다. 다른 한편으로 사이버 범죄자를 추적하기는 매우 어려워서 실체가 있는 누군가를 소환해 책임을 묻기란 여간 힘든 일이 아니다. 또 하나 흥미로운 점은 이러한 상황이 발생했을 때 은행이 아닌 사용자가 사기 피해자라는 주장이 자주 제기된다는것이다.

이것은 다소 엉뚱한 주장이다. 결과적으로 '신원 절도'라는 용어가 사용되는 경우 절도의 피해자는 그 절도의 '대상'을 잃는 측이다. 그렇다면 어째서 신원 사기의 경우에는 사칭된 신원의 주인을 피해자로 몰아가는 것일까?◇ 다시 법적 정의를 따져 보면 사칭을 통한 사기fraud by false representation란 "자신이나 다른 사람을 위해 이득을 취하려는, 다른 사람에게 손해를 끼치거나 그러한 위험에 빠뜨리려는 의도를 가지고, 제시하려는 신원이 가짜이거나 혹은 호도한다는 사실을 알면서도 부정직하게 사칭하는 것"이다.[4] 그렇다면 이 시나리오에서 사칭 피해자는 과연 누구인가? 사칭당한 신원 주인[사용자]은 분명 아니다. 내가 나의 신원을 사칭하며 접근하는 사기꾼에게 속아 넘어갈 리는 없지 않은가. 신원 사기에는 논리적으로 사칭된 신원의 주인 이외의 피해자가 있을 수밖에 없다! 은행 사례에서 신원 사기에 속은 당사자는 다름 아닌 은행의 인증 메커니즘이다. 그럼에도 불구하고 지난 수년간 신원 사기 관련 논의는 사칭당한 신원의 주인을 피해자로 정의하려는 방향으로 변천해 왔다. 물론 사칭된 신원의 주인도 결과적으로 피해를 겪을 수 있지만, 중요하게 짚고 넘어갈 점은 그가 인증 오류를 저지른 당사자는 아니라는 것이다.

온라인 패스워드 사고의 책임을 정작 과실이 있는 기관으로부터 사용자로 전가하려는 움직임은 '신원 절도'라는 용어에 이르러 정점을 찍는다. '디지털 위생'(패스워드의 주기적 변경, 안티바이러스 소프트웨어의 실행 등)에 대한 담론은 개인 사용자가 물리적인 자산뿐 아니라 자신의 신원 및 디지털 자산도 책임져야 한다는 내용을 포함한다.[5] 실제로 '현실 세계'

◇ 사칭된 사람의 신원이 사기에 이용되긴 했지만 신원에 대한 소유권을 잃지는 않았다는 의미다.

의 절도 사건에 대한 대다수 보험회사의 정책을 보면 보험 가입자 스스로 도난을 예방하려는 일련의 의무를 이행해야 하며, 이에 부족함이 있으면 가입자에게 책임이 있으므로 보험금을 지급하지 않을 수도 있다고 밝히고 있다. 신원 절도라는 수사적 표현에서는 패스워드의 경우도 마찬가지다. 대부분의 은행은 패스워드 시스템이 취약함을 인정하지 않고 오히려 사용자가 사전에 공유된 정보를 보호하기 위해 충분한 조치를 취하지 않은 경우의 법정 소송에 대비하는 정책들을 마련하고 있다. 앞서 살펴보았듯이 '신원 절도'라는 용어는 기술적으로 터무니없지만 기관 입장에서는 무척 매력적이다. 대중으로 하여금 패스워드 시스템에 결함이란 없으며 자신의 부주의한 디지털 위생 때문에 신원을 절도당했다고 믿게 만들 수만 있다면 은행을 포함한 인증 기관들은 언젠가 책임의 많은 부분을 회피할 수 있게 될 것이니 말이다.

신원 절도론이 발휘하는 호소력은 물리적 자산에 대한 절도와의 직접적인 비유에 기반을 두고 있다. 복잡한 인증 시스템에 적용된 기술적 원리를 이해하는 사람들은 많지 않은데, 물리적 세계에 대한 은유를 통해 그 기술을 설명하게 되면 기존의 생각을 그에 적용하기도 쉽다. 이렇게 함으로써 인증 시스템 제공 기관들은 기존 법리가 가상공간에도 적용되기를 바라는 것이다. 가상 세계는 물리적 세계와 완전히 동일한 방식으로 돌아가지 않으며 개념의 융합은 다단계로 이루어진다. 즉 물리적 자산은 정보와 유사한 것으로, 그리고 정보는 신원과 유사한 것으로 여겨져야 한다. 이러한 논리가 수반하는 핵심적인 사고방식의 전환은 디지털 시대에는 여러분이 아는 것이 곧 여러분이 누구인지를 말해 준다는 것이다. 정보와 신원은 떼려야 뗄 수 없는 관계인 것이다.

정보/신원

미셸 푸코가 제시한 권력/지식◇ 개념은 지난 30여 년간 인문학 영역에서 큰 반향을 일으켰다. 『감시와 처벌』*Surveiller et punir*과 『성의 역사』*Histoire de la sexualité*에서 정교화한 권력과 지식의 상관관계는 '아는 것이 힘이다' 식의 뻔한 공식과 거리가 있다. 그보다 이는 진실과 지식이 이해되는 방식을 규정하는 권한을 독점함으로써 권력이 생겨난다는 것에 대한 관찰이라 할 수 있다. 푸코는 종교 영역의 고해성사를 예로 들어 이를 설명한다. 고해성사에 참여하는 사람은 금지된 욕망에 대한 진실(정보)을 고할 것을 요구(권력)받는다. 그리고 그 과정에서 생겨난 정보는 고해성사를 집전하는 성직자에게 그 죄를 사할 권력을 부여하는 피드백 루프를 형성한다.[6] 푸코에 따르면 세속화 과정을 거치면서 고해성사의 면모들이 정신의학 상담 분야로 옮아갔다. 이런 식으로 정신의학은 고백적 진실 말하기의 권력을 이용해 다양한 주체들의 정체성identity◆을 생산하고 통제하게 되었다(그리고 푸코에 따르면 여전히 그렇다).[7] 또 다른 핵심 사례는 오늘날 과학계가 부

◇ 이 책 전반적으로 knowledge를 '정보'로 번역했으나 미셸 푸코의 '권력/지식' 개념의 경우 이미 국내에 널리 소개되어 있어 '지식'으로 번역했다.

◆ 이 책 전반에 걸쳐 identity를 '신원'으로 번역했지만 철학적 맥락이 개입할 때는 '정체성'으로 써 주기도 했다.

여받은 권력이다. 과학이 진리를 추구한다는 사실에는 논란의 여지가 없어 보인다. 하지만 인류 역사를 들여다보면 이를 참으로 받아들이기 힘들다. 과거 시대에는 오늘날 우리가 알고 있는 경험과학이 존재하지 않았다. 최근에 들어서야 이른바 반복적 실험과 상호 주관적 검증('과학')이 진리 탐구의 주요 수단으로 자리 잡았다(과학의 놀라운 발전을 고려할 때 이는 매우 타당하다). 움베르토 에코가 지적했듯 경험과학의 등장은 종종 논란의 대상이 되었으며, 『성서』처럼 더 강력한 사회적 진리·의미 체계들과 상충했기 때문에 진리로 받아들여지지 않았다.[8] 그러나 경험과학은 보편적이고 절대적이지는 않지만 역사적이고 상대적인 진리 생산 관습(담론)을 촉진한다. 더 중요한 사실은 권력과 정보가 동일하지 않으며 상호 교환 가능하고 밀접하게 상호 의존적이라는 점이다.

패스워드란 정보와 신체를 이용해 신원을 생산하는 권력 기술이기 때문에 이러한 진실/정보의 문제에 깊이 관련되어 있다. 패스워드는 누군가를 배제하고자 사용하는 형식화되고 절차화된 도구이므로 기술이다. 또 패스워드는 접근을 조절하고 통제하는 데 사용되므로 권력의 기술이다. 개인이 패스워드를 제시하는 순간에 자신을 타인의 기준, 주로 사전에 정의된 신원 형식들에 맞추어 분류하므로 패스워드는 신원을 생산한다. 패스워드는 대부분의 경우 사전에 공유된 비밀(혹은 비대칭식 키 정보)에, 또는 간혹 고유한 신체의 존재에 기반하므로 정보와 신체를 통해 신원을 생산한다.

전통적인 패러다임에 따르면 패스워드를 통해 만들어지는 신원은 사실 사전에 정의된 신원의 유한한 집합에 한정된다. 패스워드가 비정형의 개념인 인간 정체성에 대한 대리 도구로 사용하는 정보와 신체는 피인증자가 그 정보를 알고 있는지 혹은 그 몸의 주인인지를 증명하며 이것이 곧 정체성[신원]의 정의로 취급된다. 다시 말하면 패스워드를 신원으로 이해하는 이러한 전통적인 사고방식은 검증을 위해 제시된 몸이 사전에 정의된 몸과 동일하며 검증을 위해 제시된 정보가 사전에 공유된 정보와 동일하다는 것을 의미할 뿐이다.

한편 또 다른 시각에 따르면 패스워드는 사람을 식별하는 것이 아니라 정보와 신체를 이용해 사람들을 실질적인 기능을 수행하는 여러 그룹으로 분류한다. 이는 '허가'와 '접근 금지'를 구분하는 분류 시스템과 유사하다. 다시 한 번 말하지만 이러한 사고방식은 위험을 떠넘기는 데 적합하지 않다. 왜냐하면 이 패러다임에서 패스워드는 개인의 신원과 무관하며, 인증 요구자가 분류상의 오류를 책임져야 하기 때문이다.

패스워드를 분류 시스템으로 보는 철학적 시각은 역사상 다양한 사상에서 영향을 받았으며 많은 사상가가 어떤 사물과 그것의 분류 간의 논리적 관계를 고민해 왔다. 매우 흥미로운 예시 중 하나로는 수학의 집합론이 있다. 반대로 분류의 형식화가 대상을 온전히 담아내지 못한다는 주장도 있다. 테오도어 W. 아도르노의 표현을 빌리자면 "사물은 남김 없이 개념화될 수 없다".[9] 이는 곧 어떤 분류 과정도 인간의 삶을 충분히 포착할 수 없다는 뜻이다. 우리가 패스워드 시스템을 통해 도출한 신원은 해당 인물과 동일하지 않으며 그럴 수도 없다. 한편 매우 다른 맥락이지만 재런 래니어는 소셜 미디어 영역에서도 비슷한 현상, 즉 소프트웨어 공학의 설계상 의사

결정들이 인간에 대한 우리의 관념을 사전에 정의된 범주들로 환원하는 경향을 발견할 수 있다는 다소 그답지 않은 주장을 펼치기도 했다.◊

소프트웨어 공학의 근간이 되는 이진법적인 속성은 그것의 응용 계층에서도 나타난다. 예컨대 컴퓨터 프로그램에 실행 여부를 분명히 지정해 명령하기는 쉽지만 어중간하게 명령하는 것은 쉽지 않다. 마찬가지로 디지털 세계에서는 당신의 결혼 여부 같은 인간관계들도 미리 정해진 제한된 유형으로 엄격하게 분류하는 편이 쉽다. 결국 당신의 소셜 미디어 친구들에게 중계되는 것은 당신의 참 인생이 아닌 위와 같이 환원된 인생이라고 할 수 있다.[10]

컴퓨터 중심적 세계관에 기반해 래니어가 언급한 이러한 문제는 소프트웨어에 한정된 것이 아니다. 여러 세기에 걸쳐 인류는 한 인간을 온전히 표현하기에는 부족한 용어를 이용해 사람들을 분류해 왔으며 이는 지극히 인간적인 현상이다.

그러므로 요점은 패스워드가 (특히 디지털 시대에) 얼마간 환원주의적인 분류 도구라는 사실이 아니다. 패스워드 그 자체는 아도르노와 래니어가 서로 다른 방식으로 지적한 분류 문제를 야기하지 않으며, 그보다는 그러한 분류 시스템과 연동될 뿐이다. 패스워드가 '신원을 생산한다'고 말할 때 생략된

◊ 지은이는 가상현실 기술의 선구자인 컴퓨터과학자 재런 래니어가 소셜 미디어의 문제점과 한계를 지적하는 모습이 독자들에게 의외로 받아들여질 수 있다는 점을 말하려는 것 같다.

질문은 '어떻게?'이다. 이에 대답하려면 하나의 추상적 개념으로서의 패스워드 자체가 아니라 패스워드가 지닌 권력을 통해 발생하는 배제라는 맥락을 이해해야 한다. 철학자 루트비히 비트겐슈타인은 "언어의 의미는 그 사용에 있다"고 했는데 이는 패스워드와 사회에도 적용할 수 있는 말이다.[11] 패스워드의 기능이 무엇이며 우리가 패스워드를 무엇을 위해 어떻게 사용하는지를 이해해야 패스워드의 역사와 존속 그리고 패스워드가 지닌 의미를 조금이나마 논할 수 있을 것이다.

• • • • —

패스워드는 인류 역사에 다양한 형태로 등장했다. 대개 패스워드를 신원을 확인하는 도구라 생각하지만, 나는 패스워드가 배제의 맥락 없이는 이해하기 힘든 일종의 분류 기술이라고 주장한다. 패스워드는 사실상 누군가의 신원을 확인하지 않는다. 어떻게 그럴 수 있겠는가? 생체 인식과 신원을 다룬 3장에서 보여 주었듯 한 개인의 명세를 형식화하기란 여간 힘든 일이 아니다. 사람들은 그 자신의 몸이나 정신과 전적으로 같지는 않으며, 인간인 우리는 그 사실을 직관적으로 알고 있다. 그런데 한 개인에 대한 사전 정보를 갖지 않은 사람 혹은 기계는 인식을 위한 직관의 과정을 밟을 수 없고, 따라서 해당 신원에 대한 형식화된 명세를 필요로 하게 된다. 이 형식화된 명세를 얻으려면 패스워드, 생체 인식, 해시 함수 같은 일련의 대리 도구가 필요한데, 이것들은 한 개인의 신원에 느슨하게 결합된 근사치의 정보이다. 결국 패스워드는 유형을 막론하고 신원에 대한 근사치에 불과한 것이다. 패스워드의 존재는 우리가 인증 기계나 피인증자에 대한 사전 정보가 없는 사람들에게 피인증자를 완벽하게 설명할 능력이 없다는 사실을 반증할 뿐이다.

패스워드를 논할 때 우리는 종종 이 사실을 잊는다. 때문에 신원 절도라는 수사가 가능해지는 것이며, 바로 이것이 내가 주장하고 있는 내용이 단순한 의미론에 그치지 않는 이유다. '신원 절도'라는 용어를 사용할 때 우리는 패스워드 시스템이 한 개인의 완전한 명세를 취급할 것이라 예상한다. 이러한 사고방식은 결혼처럼 "인생의 중요한 사건"을 겪을 때마다 "신원 절도의 위험이 커진다"는 『비즈니스 인사이더』 *Business Insider*의 최근 주장 같은 터무니없는 선언들을 야기할 수 있다(가부장적인 결혼 문화에 반대하는 페미니스트들은 다른 이유로 이 주장에 동의할 것이다). 더 심각한 것은 이를 바탕으로 비즈니스 컨설턴트들이 신원의 보호에 대한 책임을 개인에게 전가하려 한다는 점이며 이들은 비경합 자산인 패스워드가 마치 물리적인 자산인 양 신원 자체와 동일시한다. 안전한 신원 인증 시스템을 설계할 의무와 신원을 대리하는 수단들의 취약점에 대한 책임이 인증 기관에 있음에도 불구하고 "'적극적으로 주인 의식을 가지고 스스로를 보호해야 한다"고 그럴듯하게 선언하는 것이다.[12] 신원 절도 담론에서 패스워드는 한 개인의 완벽한 명세로 취급받게 되었는데, 그것은 (도난 시에) 여러분이 알고 있는 것을 곧 여러분이 누구인가로 치환하는 위험을 안고 있다.

그와 동시에 패스워드가 사람을 식별하기에 부적합한 수

단이라는 점은 분명하다. 심각한 보안 사고가 점점 늘어나는 현상이 이를 입증한다. 패스워드의 이 측면은 내가 보기에 이미 수 세기에 걸쳐 알려져 온 것으로, 고문헌을 보면 가장 구체적으로 발견할 수 있다. 고대 아시리아와 이집트의 장례 의식에서 사용된 주문들은 사자의 신원이 아니라 사후 세계로 들어가는 데 필요한 특권과 관련되어 있었다. 시신을 싣는 장례용 배에 이러한 주문을 써 넣을 만한 여력이 있었던 사람들은 천국으로 가는 데 필요한 정보를 알고 있다고 간주되었다. 그러므로 이는 개인의 식별이 아니라 속세의 자산을 바탕으로 한 계층 구분이었다고 할 수 있다. 고대 이집트인들에게 사회 계층을 식별하는 주문은 부자들(부를 쌓았거나 물려받은)만이 이를 수 있는 사후의 안녕을 보증하는 것이었다.

마찬가지로 문학 영역에서 등장하는 패스워드들을 다룬 2장에서 설명했듯「알리바바와 여종에게 몰살된 마흔 명의 도적 이야기」같은 이야기들은 패스워드의 실패를 바탕으로 플롯이 전개된다. 패스워드가 신원을 반영하지 못한다는 사실이 그러한 줄거리를 가능케 하는 것이다. 이는 이야기의 제목에도 나타난다. '마흔 명의 도적'은 하나의 집단(악당들의 조직에 대한 문학적 원형)이며, 패스워드는 한 명의 사람만을 대리하지 않는다. 동굴의 패스워드는 도적들만을 받아들이고 주인공은 거부해야 정상인데 이야기가 흘러가면서 상황이 역전된다. 실제로「알리바바」이야기는 신원과 패스워드 사이에 존재하는 괴리에 대한 경고로 읽을 수 있다. 알리바바가 동굴로 들어가는 패스워드를 아는 유일한 사람으로 남게 되면서 이야기가 마무리된다는 사실 때문에 표면적으로는 괴리가 해소된 것처럼 보이며, 패스워드는 다시 한 번 개인의 신원을 확인하는 도구로 한정된다. 그러나 줄거리의 전반부는 이 이야기가 신원과 그 대리 도구를 보다 복잡한 시선으로 다루고 있으며, 따라서 줄거리가 얼마든지 반복될 수 있다는 점을 경고한다. 다시 말해 패스워드 기술을 갱신한다면 알리바바 역시 언젠가는 다른 사람에게 패스워드와 재산을 빼앗길 여지가 있는 것이다.

『해리 포터』시리즈의 세계에서 사용되는 마법도 흥미롭다. 지팡이와 사전 정보만 있으면 누구나 마법을 쓸 수 있는 상황을 피하기 위해 조앤 K. 롤링은 오래전 문학적 전통, 즉 순수한 신원 확인으로 돌아간다. 그녀가 창조한 세계에서는 우리가 접근을 통제하기 위해 가장 흔히 사용하는 대리 도구들, 즉 무언가를 알고 무언가를 지니는 것만으로는 충분하지 않다. 『해리 포터』시리즈가 마법을 다루므로 롤링은 그 대신 마법사라는 타고난 신분이 있으며 마법사라는 이유만으로 마법을 쓸 수 있다고 설정한다. 롤링의 시나리오에서 누군가가 특별한 대리 도구나 근거 없이도 바로 그 사람임이 증명되는 설정은 우리가 신원 인증을 위해 주로 사용하는 대리 도구들(정보, 신체, 소유)을 무색케 한다. 표면적으로는 누군가는 마법사이거나 마법사가 아니다. 그러나 롤링은 '스큅'squib, 즉 마법사의 혈통을 타고났고 주문에 대한 정보와 지팡이를 갖고 있음에도 불구하고 고급 마법을 쓰지 못하는 캐릭터들을 이야기에 도입함으로써 위와 같은 아이디어를 더 복잡하게 만든다. 롤링의 세계에서는 유전적인 혈통마저도 다른 대리 도구들과 마찬가지로 마법을 쓸 권한을 얻기에는 충분하지 않을 수 있는 것이다.

앞서 몇 개의 사례를 통해 살펴보았듯 오늘날의 영화들은 종종 패스워드의 무력화를 이야기 전개를 위한 핵심 소재로 삼고 있다. 「데몰리션 맨」, 「천사와 악마」, 「007 어나더 데이」, 「에이리언 4」, 「어벤저스」, 「마이너리티 리포트」 같은 영화에는 완벽하다고 여겨졌던 생체 인식 패스워드 장치가 신체의 훼손과 변형 탓에 무력화되는 사례가 등장한다. 이러한 영화들에서 패스워드는 종종 인간의 신체와 정신이 분리되기 때문에 약화된다. 예컨대 「마이너리티 리포트」에서 주인공은 예지자의 의식에 접근하고자 하지만 그러려면 그녀의 몸을 탈취해야 한다. 이는 영화의 대주제를 반영하는 것으로, 개인은 자신의 정체성을 결코 온전히 대리하지 못하는 신체, 정신 혹은 또 다른 특징으로 전락하는 순환을 반복한다.

나는 신원과 관련된 이런 문제들이 많은 경우 군대의 맥락에서 가장 치밀하게 탐구되었다는 사실도 다루었다. 대량 살상 무기를 다루는 군대 조직은 예부터 접근 통제 시스템의 설계 영역에서 선구자 역할을 해 왔다. 그러나 우려는 여전하다. 단방향 해시 알고리즘의 개발로 1970년대에 패스워드가 수학화됨에 따라 우리는 안전을 담보할 수 없는 기술적 메커니즘에 갈수록 더 의존하게 되었다. 기존 알고리즘들의 효능에 언젠가 결함이 발견되기 마련이므로 새로운 방법들의 진화는 수학자들의 역량과 기존 방법들을 깨기 위한 무차별 대입 공격 기계들의 발달에 쫓기는 처지가 되었다. 오늘날의 수학 이론이 가진 한계들에 아주 작은 돌파구만 발견되더라도 보안 시스템들이 일거에 무력화될 위험이 도사리고 있는 것이다. 그 경우 원격 신원 확인을 통해 전 세계를 연결하는 인터넷에는 재앙이 될 것이다. 나아가 원자폭탄 같은 대량 살상 무기를 통제하는 명령 체계의 보안이 뚫린다면 돌이킬 수 없는 파멸이 초래될 수도 있다.

기술 발전에 따라 패스워드가 개인의 순수한 신원을 오류 없이 반영하게 되리라 기대하는 것은 대단히 천진난만하고 위험한 시각이다. 오늘날의 대다수 패스워드 시스템을 지탱하고 있는 복잡한 수학적 처리 과정을 깰 방법이 고안된다면 개인뿐 아니라 국가의 영역에서도 보안이 필수 불가결한 디지털 시대의 세계는 순식간에 무너져 내릴 수도 있다. 분명 새로운 생체 인식 기술들이 등장하겠지만 사생활 침해와 같은 대가를 치러야 할 것이다. 이렇게 진화한 세상에서 '신원 절도'와 관련된 흥미로운 화두는 여러분의 유전자 코드를 가로챈 사람이 단순히 정보를 알고 있을 때보다 과연 당신의 신원에 더 가까워질 것인가이다.

패스워드는 사용하기에 불편할 수 있지만 여전히 거리를 두고 배제의 경계를 설정하는 데 있어 가장 널리 인정되는 수단이다. 우리는 하루에도 몇 번이나 패스워드를 접한다. 워낙 만연해 있는 기술이기에 패스워드가 매우 자연스럽고 확실한 해결책이라고 생각하기 쉽다. 앞서 '신원 절도'를 둘러싼 담론에 내재한 불완전성을 보여 주면서 입증하려 시도했듯, 패스워드라는 사물은 이런 식으로 우리가 사고하는 방식을 사회적으로 규정한다. 다른 한편으로 그럼에도 패스워드는 그것이 필요한 만큼만 유용할 따름이다. 한동안은 포함/배제라는 범주를 바탕으로 결정을 내려야 할 필요성이 사라지지 않을 것이다. 또한 유전적으로든 다른 방식으로든 신원을 인증하려는 목적으로 한 인간을 얼마나 완벽히 형식화할 수 있을 것인지는 두고 보아야 할 문제다. 그때까지는 우리의 금융, 우리의 국가 안보, 우리의 사생활을 인류가 오랜 역사를 거치며 발전시켜 온, 그러나 여전히 많은 결함을 안고 있는 패스워드에 맡길 수밖에 없을 것이다.

· · · · –

패스워드의 미래는 어떠할까? 현재의 인류는 개인을 식별하고 코드화하는 최종 단계에 와 있을까? 아직 한참 멀었다. 오늘날 스마트폰 제조사들은 걸음걸이 센서를 이용해 '신원'을 확인하는 '잠금 해제' 메커니즘을 개발 중이다. MRI 기술이 더 발전하면 언젠가는 개인의 고유한 뇌파를 감지해 신원을 식별하는 데 사용할 날이 올 것이다. 마찬가지로 안면 인식 기술도 무섭게 발전하고 있다. 최근 야후 등 일부 기업은 모든 재래식 패스워드를 사용자들이 지닌 장치로 발송되는 일회용 비밀번호one-time-token로 대체했다. 사생활 침해 논란이 야기되겠지만 어쩌면 미래에는 개인의 유전자 염기 서열을 즉시 분석해 그 사람의 DNA를 파일에 저장된 사본과 엄청나게 빠른 속도로 비교하는 기술이 도입될 수도 있다(일부 사생활 보호 운동가들은 이에 경악할 것이다). 동시에 유전공학이 얼마나 빠르게 발전할지, 또한 미래의 생체 인식 시스템을 뚫으려는 목적에서 인간의 유전자 구성이 어떤 방법으로 조작될지 누가 알겠는가?

이렇게 기술이 발전하면 언젠가는 "멈춰라, 거기 누구냐?"라는 유명한 문장마저 이해되지 않는 미래가 오게 될까? 안타깝게도 『햄릿』에 등장하는 "정체를 밝혀라"unfold yourself 같은 말은 분명 오늘날 통용되지 않지만 우리는 이 연극에 나오는 패스워드 구조의 형식화를 잘 이해하고 있기에 문제가 되지 않는다. 그러나 언젠가는 관객들이 이 맥락을 전혀 이해하지 못하는 날이 올 수도 있지 않을까? 정보·자산·신체를 개인의 신원에 결합하려는 우리의 최고 기술과 방법이 미래 사람들이 보기에는 너무 한심할 정도로 취약해서 웃음거리가 될 수도 있을까? 아니면 미래 사회에서는 사생활 개념이 완전히 변하고 포함/배제 패러다임 자체가 대기 속으로 녹아 사라져 버려 더 이상 패스워드 같은 구조가 필요 없어질까? 이에 대해서는 유토피아적인 예측과 디스토피아적인 예측이 모두 존재하지만 사생활이 존재하지 않는 세상이라면 무엇보다 조지 오웰의 『1984』를 연상시킨다.

이러한 공상을 이어 가면 마침내 우리는 패스워드와 관련해 다소 생소한 논리적 결론에 이를 수도 있을 것이다. 만약 궁극의 패스워드 체계가 대리 도구를 이용하지 않는, 즉 한 사람을 또 다른 동일한 개인에 비교하는 방식이라면 아마도 최고의 패스워드는 인간 복제 기술을 활용한 것이리라. 공상 과학의 세계에는 그러한 기술이 존재한다. 「스타트렉」의 허구 세계에 등장하는 트랜스포터 장치는 사람을 '에너지 패턴'으로 변환한 뒤 동일한 사람을 목적지에 만들어 낸다. 이와 같은 재물질화가 가능하려면 결국 에너지 패턴이라는 것이 한 인간을 완벽히 반영해야 한다. 영화 「프레스티지」Prestige

에서는 이러한 복제와 순간 이동 개념이 신원과 더욱 밀접하게 연관된다. 복제된 개인들 중 한 명은 매번 반드시 죽어야만 하는 줄거리의 반전은 일란성 쌍생아의 시나리오와는 대조적이다.◇ 이런 픽션들에서 우리는 신원의 정확한 확인을 가능케 하는 개인의 완벽한 형식화, 즉 궁극의 패스워드 시스템을 엿볼 수 있다. 이 모델이 바람직할까? 이러한 형식화 뒤에 깔린 윤리적 딜레마는 무엇인가? 우리는 패스워드가 틀 짓는 주체성, 신원, 정보라는 관념을 두고 이와 같은 질문들을 스스로에게 지속적으로 던져야 할 것이다.

◇ 이 영화에는 순간 이동 마술 쇼를 선보이는 두 명의 마술사가 등장하는데, 한 명은 자신의 쌍둥이 형제를 대역으로 사용하는 반면 다른 한 명은 스스로를 복제하고 복제 전의 자신은 죽이는 방법을 사용한다.

부당 방위

최원희

들어가며

2017년 5월, 전 세계 23만 대 이상의 컴퓨터를 감염시킨 사상 최악의 랜섬웨어 워너크라이WannaCry('울고 싶지?')가 컴퓨터 사용자들을 가히 공포의 도가니로 몰아넣었다. 영국의 국민건강서비스, 러시아 내무부와 방위부, 페덱스, 독일 철도가 최대 피해 기관으로 알려진 가운데 개인 사용자의 피해 사례도 속출했다. 한국에서도 CJ를 비롯한 기업들과 인터넷에 연결된 버스 정류장 컴퓨터들의 감염이 신고되었으며, 이에 청와대를 필두로 국정원, 미래창조과학부, 한국인터넷진흥원 등 관련 기관이 총동원되어 '국가 사이버 위기 경보'를 발령하고 대국민 행동 요령을 배포하는 등 국가 재난 수준의 대응이 전개되었다.

이른바 크립토-랜섬웨어crypto-ransomware는 감염된 컴퓨터의 파일들을 사용할 수 없도록 암호화하며, 요구하는 몸값ransom을 낼 때까지 인질로 삼는다. 워너크라이의 경우 암호화된 파일들을 복호화해 주는 대가로 300~600달러 상당의 비트코인을 요구하는 메시지를 세계 28개국어로 띄웠다. 보안업체 시만텍은 2016년 한 해 동안 매일 4,000건 이상의 랜섬웨어 공격이 있었다는 통계를 발표했으며, 역시 보안업체인 트렌드마이크로는 2016년 1분기의 랜섬웨어 수가 2015년 전체 수보다 172% 증가했다고 밝혔다. 한편 FBI에 따르면 랜섬웨어 가해자들은 2016년 1분기 미국에서만 2억 900만 달러를 벌어들였다고 한다. 랜섬웨어 공격의 압도적인 빈도, 피해 규모, 증가 추세에 오늘날 디지털 세상은 그야말로 속수무책이다.

평범한 컴퓨터 사용자에게 해킹이란 딴 세상의 이야기처럼, 그래서인지 사뭇 낭만적으로까지 들리던 시절이 있었다. 그것도 꽤 오랜 세월. 사람들은 해커들이 자신을 공격할 이유도 없거니와 혹여 운이 나빠 바이러스에 감염되더라도 적당히 백신을 설치해 치료하면 된다고 생각했다. 그러나 언제부터인가 해킹 수법은 날로 지능화되었고 그 목적은 악랄해졌다. 이제 보통 사람들이 입는 피해도 무시하지 못할 만한 수준에 이르렀고 해커들은 더 이상 공격 대상을 가리지도 않는 듯하다. 과연 이것은 예측 가능했던 해킹의 필연적 진화일까, 아니면 그 저변에 다른 원인이 있었던 것일까? 이 글은 해킹의 유형과 진화의 흐름을 간략히 짚고 감히 거시적인 관점에서 이 현상의 원인과 해법을 논해 보려 한다. 이것은 우리가 직면한 현상에 대한 여러 가능한 추리 가운데 하나에 불과할 터, 나는 독자들에게 열린 마음을 가지고 이 설명이 각자의 지식과 경험에 어느 정도 호환되는지 따져 볼 것을 제안하고자 한다.

해킹의 산업화

확실히 과거의 해킹은 꽤나 낭만적이거나 합당한 명분들을 가졌던 것 같다. 해킹의 유래로 종종 언급되는 1970년대의 폰 프리킹phone phreaking은 전화 교환에 쓰이는 다이얼의 톤 시스템을 역설계해 전화기나 별도의 기계를 통해 특정 톤들을 재현함으로써 과금을 피하는 행위였다. 그러나 폰 프리킹은 단순히 공짜 전화 통화를 위한 것만은 아니었다. 그것은 닉슨 정부의 베트남 침공에 반대한 미국 시민들의 대대적인 반전 운동과 연계된 것으로 불의한 전쟁을 수행하는 국가에 전화 비라는 형태의 세금을 내지 않으려는 시민 불복종의 일환이었으며, 길 건너편의 집에 거는 전화를 장거리 전화로 분류하곤 했던 전화 회사들의 부당한 정책에 대한 보이콧이기도 했다. 최초의 인터넷 웜 바이러스의 사례로 회자되는 1988년의 모리스 웜Morris Worm 사건은 남에게 피해를 줄 목적이 아닌, 단순히 인터넷의 규모를 확인하고 싶은 호기심에서 스물두 살의 코넬 대학교 학생이 벌인 일이었다. 그런가 하면 1995년 FBI에게 붙잡힌 전설적인 해커 케빈 미트닉은 자신의 행위는 결코 이익을 취하기 위한 것이 아니며 단지 해킹이 좋아서 저지른 일이었다고 밝혔다.

한편 사회적 목적을 위해 해킹을 하는 이른바 핵티비스트 hacktivist들은 일련의 윤리 강령을 따랐으며 주로 표현의 자유, 인권 보호, 정보 공개와 같은 가치들을 수호하고자 한다. 핵티비즘의 기원은 정확하지 않지만, 1990년 홍콩블론드Hong Kong Blondes라는 해커 조직이 중국인의 자유로운 인터넷 접근을 기치로 중국 컴퓨터망과 인공위성 통신을 해킹한 사건은 주목할 만하다. 또 아랍 민주화 혁명이나 월가 점령 시위 같은 다양한 국내외 정치 문제에 개입했던 익명의 해커 조직 어나니머스Anonymous, 주로 국가기관이나 기업의 부당한 기밀 정보를 폭로하는 줄리언 어산지의 위키리크스WikiLeaks 등이 모두 핵티비스트 유형이라고 할 수 있다. 조직화된 전문가들이 고도의 전략과 기술을 이용해 주어진 목표 시스템에 심각한 타격을 입히거나 적극적으로 정보를 탈취함으로써 구체적인 사회 변혁을 이루고자 한다는 점에서 핵티비스트는 단순한 지적 호기심에서 비롯한 해킹이나 일반인들이 참여한 아마추어적 해킹과는 구분된다.

자유소프트웨어free software 운동 역시 해킹의 역사에 무시할 수 없는 영향을 끼쳤다. GPL(General Public License, 일반 공중 사용 허가서)과 카피레프트copyleft 개념으로 대변되는 자유소프트웨어 운동은 소프트웨어의 독점적 상업화에 맞서 공유라는 소프트웨어의 본래 생산·유통 방식을 복원하고자 한 운동으로, 그 핵심 정신은 소프트웨어의 소스코드를 공개해 누구나 소프트웨어를 수정할 수 있게 하며 자유로운 복제와 배포를 허용하자는 것이다(https://www.gnu.org). 경제학자 장하준은 『나쁜 사마리아인들』에서 "내가 남들보다 조금 더 멀리 보고 있다면 그것은 내가 거인의 어깨 위에 올라서 있기 때문이다"라는 아이작 뉴턴의 말을 인용하며 아이디어란 여러 주체의 지적인 노력이 혼합된 발효조에서 튀어나오는 것이므로 어떤 발명품에 '마지막 손질'을 했다는 이유만으로 모든 영예와 이익을 독차지하는 것은 정당하지 않다고 주장한다. 또한 그는 기술을 독점하려는 기업들의 선전과는 달리 지적 재산권의 지나친 보호로 인해 오히려 새로운 아이디어의 생산 비용이 높아지고 기술 발전이 가로막힌다고 역설한다. 이는 자유소프트웨어 운동의 정신과 일맥상통하는 것이다.

컴퓨터 역사 초창기에는 독점 소프트웨어란 일종의 불온한 개념이었다. 예컨대 많은 사용자의 사랑과 공분을 동시에 산 마이크로소프트의 윈도우즈 운영체제는 그래픽 사용자 인터페이스Graphic User Interface가 발전하는 데 무시할 수 없는 공헌을 하긴 했지만 사실상 이는 공개 컴퓨터 기술의 바탕 위에서 이룬 결과물을 독점한 것이었다. 뿐만 아니라 마이크로소프트는 웹브라우저와 미디어플레이어 등 시장의 경쟁에서 밀리던 자사의 제품들을 윈도우즈에 끼워 팖으로써 자본력과 운영체제 판매사로서의 독점적 지위를 이용한 불공정 거래를 일삼았다. 게다가 윈도우즈의 높은 가격은 사회적 약자들의 디지털 정보에 대한 접근권을 제약하는 것이 아니냐는 사회적 논쟁도 불러일으켰다. 이에 1990년대와 2000년대 초반의 많은 해킹 사례는 윈도우즈 같은 독점적 소프트웨어를 대상으로 한 일종의 사보타주 성격을 띠게 된다. 이러한 움직임은 설치 CD의 라이선스 번호에 대한 크래킹과 복제본의 무단 배포, 시스템의 취약점을 이용한 바이러스 공격 등 전방위적으로 일어났다.

반면 오늘날은 어떠한가? 날로 늘어나는 멀웨어, 스팸, 피싱, 랜섬웨어의 피해 사례는 해킹 기술이 금전적 이득을 취하기 위한 악의적 수단으로 완전히 변모했음을 보여 준다. 과거에는 단순히 홈페이지 이미지를 교체하거나 반대급부에 대한 요구 없이 시스템을 파괴하는 식의 단순한 공격이 주를 이루었다면 오늘날에는 표준화·기계화된 프로세스와 교활한 전략을 통해 적극적으로 이익을 취하는 공격이 유행하고 있다. 과거 호기심의 충족, 불의에 대한 저항, 메시지의 전달, 역량의 자랑을 위해 활동했던 해커들은 발견된 시스템의 취약성을 대중에게 공개하곤 했지만 오늘날 해커들은 자신들의 수익에 직결되는 이러한 정보와 그를 처리하는 기술을 독점한다. 이른바 해킹의 산업화industrialization of hacking가 더 신속하고 효율적인 범죄 경제 생태계criminal economy를 구축했으며 이제 해킹은 마약 거래나 인신매매와 다를 바 없는 자본주의 사회의 독버섯과 같은 존재가 된 것이다. 심각한 문제는 개인들이 입는 해킹 피해가 과거와 달리 부수적이거나 간접적인 수준을 이미 넘어섰다는 점이다. 웬만큼 운이 없지 않고서야 일반 개인이 해킹을 당할 리 없다는 생각은 더 이상 유효하지 않으며, 이제 대대적인 스캐닝을 통해 취약점이 파악된 불특정 다수의 컴퓨터가 즉시 일차 공격의 대상이 된다. 거대화된 네트워크와 서비스에 더 많은 사용자가 연결된 요즘, 해킹은 돈벌이 수단이 되고 변변한 방어 수단조차 갖추지 못한 평범한 시민의 재산과 개인 정보는 해킹 공격의 직접적인 피해에 거의 무방비로 노출된 상태다.

해킹의 산업화에는 다양하고 복합적인 원인이 있을 것이다. 실물경제의 운용과 디지털 기술의 융합이 가속화됨에 따라 점점 더 많은 해커가 수익 추구 수단으로서 해킹의 가치를 재발견하는 것은 어쩌면 피할 수 없는 일이리라. 또한 세계화에 따른 경제의 통폐합과 그에 병행되는 시스템의 거대화는 설계상 이른바 단일 장애점single point of failure을 부르게 마련이고 해커들에게 이것은 최소 투입 최대 효과를 가능케 하는 매력적인 조건이다. 실제로 소수의 중앙 서버에 민감한 개인 정보와 재산을 통합해 관리하는 거대 글로벌 웹서비스는 단 한 번의 공격으로도 수천만의 개인 정보 및 재산을 탈취당하곤 한다. 디지털 자원의 집중과 해킹의 산업화 간에 인과관계가 없지 않을 것이다. 그러나 과연 이것이 전부일까? 나는 그 이면에 보다 본질적이고 사회적인 원인이 작용했다는 생각을 지울 수 없다. 나는 아무래도 구식이어서 여전히 인간의 양심과 품위라는 것을 믿고 싶고 이기심과 악이 당당한 세상을 필연으로 받아들일 수 없다.

나는 사회적 불평등과 그로 인해 만연하는 불신과 증오를 해킹 산업화의 근본적 원인으로 지목하겠다. 불공정한 사회에서는 유사 이래 늘 있어 왔던 노골적인 범죄자들뿐 아니라 기술자로서의 자긍심과 양심을 지닌 컴퓨터 전문가들마저 해킹을 통해 금전적 이익을 도모하고자 하는 유혹을 뿌리치기 힘들 것이다. 자신의 행동이 불공정함에 대한 저항이거나 시스템의 횡포에 대한 정당방위라는 의식이 범죄 행위에 대한 간편한 변명 혹은 면죄부를 제공해 주기 때문이다. 자신을 불의로부터 스스로를 지키는 자경단이나 의적 로빈 후드와 동일시할 수 있는 이상적인 환경이 조성되는 셈이다. 이에 즉시 뒤따르는 물음은 시스템과 해커 가운데 과연 어느 쪽이 진정한 가해자인가이다. 그들의 착각 혹은 믿음대로 해킹이 정당방위라면, 이를 막기 위한 시스템의 노력은 부당 방위가 되어 버리고 만다. 우리 사회는 정말 불공정한가? 만약 그렇다면 그 근본적 책임은 어디에 있는가?

기울어진 운동장

지난 반세기에 걸쳐 전 세계의 정치와 경제를 지배해 온 신자유주의Neo-liberalism 경제 이념은 시장에 대한 국가의 개입을 악으로 규정하고 시장의 완전한 자유를 통한 자본주의의 극단화를 지향한다. 신자유주의의 신봉자들은 애덤 스미스의 『국부론』The Wealth of Nations에 등장하는 그 유명한 '보이지 않는 손'의 수사를 들어 모든 것을 시장에 맡겨 두기만 하면 가장 효율적인 방식으로 시장과 이윤이 촉진된다고 주장한다. 경제 주체들의 이기심과 경쟁에 의해 형성되는 수요와 공급이 시장에 균형을 가져다준다는 것이다. 그러나 스미스 사상의 기초가 되는 『도덕감정론』Theory of Moral Sentiments을 무시한 채 후속작 격인 『국부론』의 일부만을 떼어 인용하면서 이념 정당성의 근거로 삼는 것은 『구약성서』는 읽지 않고 『신약성서』만을 가지고 설교하는 것과 진배없다. 이는 무지에서 비롯한 고전의 오독이거나 숨은 의도가 있는 발췌다. 나는 18세기 군주제가 야기한 통치 세력의 폭력과 불공정한 경쟁에 대한 대안으로 등장했던 고전 자유주의 경제학을 오늘날의 신자유주의자들이 국가의 조절 정책 일체를 부정하는 논리로 아전인수하고 왜곡했다고 생각한다.

정작 애덤 스미스는 『도덕감정론』에서 방임주의에만이 아니라 시장의 실패에 대해서도 우려를 제기했으며 그에 대한 대안으로 공정한 경쟁을 위한 국가의 심판 역할은 물론이고 정의를 강조했다. 정의란 사회 구성원들의 도덕성이 상호작용한 결과로 형성된 공감대를 바탕으로 하는 것이다. 사회복지 제도의 개념이 출현하기 전인 18세기에 시장의 성공을 위해 정의에 호소한 것은 자유 시장이 완벽하지 않다는 점을 더욱 처절하게 반증하는 것 같다. 실제로 스미스는 개인의 이기심이 공공의 선을 만든다는 버나드 맨더빌의 『꿀벌의 우화』 *The Fable of the Bees*를 '오류'라며 가차 없이 비난했다. 효율성의 촉진은 시장의 지속적인 성공을 보장하지도 않거니와 시장의 성공이 곧 사회의 성공이나 구성원의 행복을 의미하지도 않는다는 것이다.

우리가 고전 자유주의 경제학의 이념을 이렇듯 더 조심스럽고 신중하게 되돌아본다면, 자본소득률이 점점 노동소득률을 앞질러 온 지난 200여 년의 흐름에서 얼마나 끔찍한 부의 불평등이 초래되었는지를 규명하고 국가의 재분배 기능이 모두 사라지게 되면 비민주적인 소수 지배가 생겨난다는 주장을 펼친 토마 피케티 같은 오늘날의 주목받는 경제학자들뿐 아니라, 수정자본주의를 태동시킨 케인스학파, 심지어 초기 자본주의 모순을 날카롭게 파헤친 카를 마르크스의 사상과도 일부 접점을 발견할 수 있다. 비록 해법은 달랐을지 몰라도 한결같이 시장의 불완전함을 인식하고 있기에 서로 달라 보이는 생각들 간의 상호 보완 여지가 있다. 반면 시장의 '완전한' 자유를 움직일 수 없는 '목적'으로 규정함으로써 다른 이념들과의 혼합 여지를 남겨 놓지 않는다는 점에서 극단적 본질을 지닌 신자유주의는 내가 보기에 종교적 근본주의에 가깝다. 경제학이 환경 파괴, 천연자원 고갈, 사회·문화적 갈등과 같이 계산하기 힘든 복잡한 문제들을 이론상의 편의를 위해 외부화한 덕분에 시장경제의 성질을 '어느 정도' 설명할 수 있는 수학적 모델을 정립했을지는 모르겠다. 그러나 신자유주의 이념이 지배하는 사회가 성장률, 국내총생산, 1인당 국민소득, 자본 산출 비율, 주가 따위의 추상적인 수치에만 병적으로 집착하면서 정작 인간의 삶에 중요한 현실 문제들을 도외시한 결과 대중은 참혹한 대가를 치러야 했다.

허울뿐인 세계화(일반화)globalization는 국가와 민족 들 간의 화합은커녕 시장의 '병합'과 다양성의 파괴를 야기했다. 관세의 완벽한 철폐와 시장의 완전 개방을 기조로 하는 자유무역은 비교우위론을 내세우며 많은 나라(특히 힘이 없는 개발도상국)의 기간산업을 피폐화했는데 일방적으로 희생되는 편에서 보면 이것은 '강요된' 무역에 가깝다. 국민을 대변해야 할 많은 나라의 정부는 그저 글로벌 기업의 편의를 봐 주는 허수아비 기구로 전락하거나 해체되어 가는 과정에 놓였다. 국민의 세금은 나라의 기반을 다지거나 복지를 향상시키는 정책 대신 원거리 수송, 값싼 노동력, 자본의 자유로운(규제가 전혀 없는) 이동 등을 필요로 하는 글로벌 기업들의 이익에 부합하는 사업에 우선적으로 쓰인다. 소수 글로벌 기업의 상품들은 이러한 숨겨진 혜택과 자본력으로 지역 단위 시장을 왜곡하며 필연적으로 경쟁에서 승리한다. 이윤 극대화를 위해서는 뭐니 뭐니 해도 소품종 대량생산이 유리한 법, 시장의 인기 상품을 중심으로 표준화와 획일화 과정이 반복된다. 문화와 상품의 다양성은 점점 줄어들고 표준으로 채택되지 못한 것들은 그 가치와 무관하게 사라진다. 대도시 위주의 글로벌 경제성장은 지역의 고용 안정성을 악화시키고 실업을 늘린다. 지역의 실업은 자연히 도시로의 이주를 부르고 도시의 비대화는 결국 지역과 도시의 상호 파괴를 야기한다.

이윤을 우선시하는 시장은 행복이라는 가치에 역행하는 결정들을 유도하곤 한다. 군산복합체 기업들은 범죄와 전쟁을 촉진시키고자 정부에 로비를 한다. 녹지와 유적지는 수익성의 요구 앞에 무참히 파괴되고 난개발이 그 자리를 대신한다. 이제 우리의 자연은 자정 능력을 넘어설 정도로 오염되었고, 안전성이 담보되지 않은 출처 불분명의 유전자 조작 농산물이 레이블조차 없이 동네 슈퍼마켓에서 팔린다. 공공 부문을 좌악시하는 민영화(사유화)privatization에 따라 교통, 통신, 의료 등 현대 생활에 필수적인 영역에서조차 이윤 추구가 지상 과제가 된 결과 수익성이 높지 않은 필수 서비스는 폐지된다. 경찰, 소방, 보건과 같은 공공 부문에 대한 예산 삭감으로 시민 안전은 뒷전이 되었다. 시장의 과도한 경쟁은 비효율적인 자원 투입을 초래하고 이른바 인공적 필요artificial need를 양산한다. 인공적 필요를 충족시키기 위해 생겨난 현대의 많은 직업은 가치를 파괴함으로써 소득을 올리는 반면 실질적 필요를 충족시키고 가치를 창조하는 직업은 소외받는다. 지나친 분업화로 인해 창의성은 질식하고 인간성은 모욕당하며 사람들은 저마다 자긍심에 상처를 입는다. 인간은 경제적 목적을 달성하기 위한 기능과 성능을 갖춘 '모듈'로 전락한다.

규제 없는 시장이 야기한 부의 양극화는 이제 우리의 가치 체계인 민주주의의 기본 원칙마저 파괴하는 지경에 이르렀다. '1달러 1표 원리에 따라 움직이는 시장은 1인 1표 원리를 바탕으로 하는 민주주의와 근본적으로 충돌'하기 마련이기 때문이다. 국가의 조절 정책을 거부한 채 파티를 계속하다 인플레이션과 거품 경제를 이기지 못하고 붕괴하는 시장은 미국의 대공황 같은 경기 침체와 2007년의 서브프라임 모기지 사태 등의 글로벌 경제 위기를 유발할 수밖에 없지만 그 뒷수습은 국가의 몫이 된다. 이런 식으로 '이익의 사유화, 손실의 사회화'가 이루어진다. '기울어진 운동장'에서는 지속적이고 공정한 경쟁조차 불가능하며, 기회의 평등이라는 민주주의의 대원칙은 무너진다. 자유경쟁을 통해 자유경쟁의 운동장 자체가 무너져 버리는 이 모순은 곧 사회적 불평등이 더욱 심화되는 악순환으로 나타난다. 이렇게 해서 점점 더 많은 사람이 경쟁 시스템과 사회 안전망에서 완전히 탈락해 버리면 자연히 절망과 증오에 따른 범죄와 테러리즘이 늘어나게 된다.

가치의 상실

나는 자본주의 체제에서 우리가 목도하고 있는 문제들을 끝도 없이 나열함으로써 그것이 가진 이점마저 송두리째 부정하거나 혹은 그 대척점에 있는 또 다른 '주의'를 무비판적으로 수용하자고 주장하는 것이 아니다. 나는 '그것을 타파하고 남은 폐허 위에 무엇을 대신 세워야 할지 알지 못한다'. 다만 현실 세계에서 사회적 불평등이라는 중대한 모순을 빚고 있는 자본주의는 이 세계를 불완전하게 설명하고 사회가 당면한 문제들에 대한 불완전한 해법을 제시하는 경제 이념에 불과하다는 점을 인정할 것을 제안한다. 안타깝게도 신자유주의가 내포하는 적자생존과 승자독식의 논리는 이제 '시장'의 성질을 설명하는 레토릭에 그치지 않고 우리 '사회'의 윤리 규범이 되어 버린 듯하다. 무한 경쟁을 강요받는 상황에서 도덕과 양심, 사회적 의무 따위를 따르려는 노력은 조롱당하며 시장의 실패나 한계를 보완하거나 그에 대응하기 위한 대책들은 신성한 시장을 위협하는 비경제적인 '악'으로 묘사된다.

과연 이것이 우리가 원했던 세상인가? 우리는 통신 회사들의 과열 경쟁이 빚은 막대한 비용의 중복된 인프라 투자 덕에 서울 시내 곳곳에서, 심지어 달리는 버스와 지하철에서도 세계에서 가장 빠르다는 인터넷 즐기면서도 다른 한편에는 점심 식사를 거르는 아이들과 겨울의 차디찬 쪽방과 거리에서 홀로 쓸쓸히 죽어 가는 노인들이 넘쳐나는 모순을 정당화할 수 있는가? 인간을 배제하고 누군가의 일방적인 희생을 야기하는 한이 있더라도 개발과 효율화는 꼭 필요한가? 시장의 자유는 인간의 자유와 일치하는가 아니면 충돌하는가? 우리는 공정한 레이스를 위해 더 엄격한 심판을 두어야 하는 것은 아닐까? 우리는 레이스에서 진 사람들이 다음 라운드에서 다시 뛸 수 있게 하길 원하는가 아니면 그들을 영원히 탈락시키길 원하는가? 경쟁의 패배자를 죽게 내버려 둔다면 과연 인간 사회가 세렝게티의 초원과 다른 점이 무엇인가? 우리는 이 질문들에 대한 답을 손익분기점을 계산하고 주식시장의 변동을 예측하는 따위의 문제들과 마찬가지로 시장에서 구하려는 중대한 오류를 범하고 있다.

나는 사회의 모든 것을 수요-공급 곡선으로 설명하려는 환원주의적 태도와 경제성을 옳고 그름의 판단 기준으로 삼는 것에 반대한다. 어떤 정책이나 행위는 시장의 관점에서 애써 설명할 필요 없이 그저 윤리적으로, 인간의 염치나 품위 면에서, 혹은 정치적으로 옳거나 그른 것일 수 있다. 오히려 시장에서의 손해를 감수하고서 내리는 어떤 결정들이 한 인간, 한 사회가 시장보다 고결하고 위대하다는 사실을 증명한다. 에른스트 슈마허는 『작은 것이 아름답다』*Small Is Beautiful*에서 '경제학의 사고방식이 시장에 의거하는 한, 생명 속의 신성함은 상실'되어 버리는데, 이는 '값이 매겨진 것에는 신성함이 있을 수 없기 때문'이며, 따라서 '이러한 사고방식이 경제 문제에 머물지 않고 사회 전반에 퍼지면 양심이나 건강, 깨끗함 따위의 전혀 경제 외적인 가치조차도 그것이 경제적이지 않은 한 살아남을 수 없게 된다'고 했다. 우리는 시장의 논리가 우리의 가치 체계와 정신을 지배하도록 내버려 두어서는 안 된다.

지속 가능한 경쟁

다행히 최근 들어 세계 정치권에는 이러한 신자유주의의 무자비한 행진에 제동을 거는 신호들이 감지되고 있다. 2017년 영국 총선에서 'For the Many, Not the Few'(소수가 아닌 다수를 위해)라는 슬로건을 걸고 그간 지지부진했던 노동당을 승리로 이끈 제러미 코빈, 월스트리트의 입김이 거센 미국 정가에서 따돌림을 받으면서도 2016년 민주당 대선 후보 경선에서 돌풍을 일으킨 버니 샌더스, 2015년 캐나다 총선에서 장기

집권 보수당에 과반 압승을 거둔 쥐스탱 트뤼도 총리 등은 모두 사회민주주의자로 신자유주의 일변도였던 서구 선진국들에서 정치 판도의 변화를 일으키고 있다. 한편 한국에서도 이재명 성남시장이 2017년 대선을 위한 더불어민주당 경선에 지역화폐와 연동된 기본소득, 토지세 등 유권자에게 아직 생소한 정책을 들고 도전해 의미 있는 성적을 거두었으며, 그의 정책과 아이디어 들은 경선에서 승리한 경쟁자 문재인 대통령의 선거 공약에 부분적으로 차용되었다. 자본주의의 프런티어인 우편향 한국 사회에서 공공성을 강조하는 사회주의적 정책들이 괄목할 만한 지지를 받았다는 것은 시사하는 바가 크다. 정책 구현상 세부적인 차이는 있을지라도 이와 같은 정치 세력들은 대체로 복지 제도의 복원, 누진적 조세 제도, 노동자 권익 보장, 국가 기간산업이나 여타 국민 삶의 필수 영역에 대한 전면 민영화의 재고, 탈핵과 지속 가능한 에너지원의 발굴, 환경 파괴에 대한 대응, 민주적 가치의 구현 같은 공통점을 가지고 있다. 이들의 대중적 인기는 신자유주의의 대표적 주장인 이른바 낙수 효과trickle-down effect에 대중이 가졌던 환상의 종말로 해석할 수 있다.

이러한 변화들은 민간과 시민사회 영역에서 더욱 활발하게 일어나고 있다. 자본주의의 한계가 드러나기 시작한 20세기의 끝자락부터 지속 가능성, 적정 기술, 사회적 기업, 지역화, 마이크로크레디트 같은 개념이 전 세계적으로 큰 관심을 불러일으켰다. 그 관심은 이제 공장식 축산에 대응하는 폴리페이스 농장Poliface Farm, 지역 농산물 이용 운동, 유전자 변형 식품 반대 운동, 가난한 지역의 영세민을 위한 소액 대출, 지역 화폐와 물물교환, 반핵·반전 운동 등의 형태로 진행되고 있으며 이들은 자본의 논리에 맞서 사회를 실질적으로 더 나은 방향으로 변화시키는 데 조금씩 성과를 내고 있다. 이러한 아래로부터의 풀뿌리 운동들은 언뜻 서로 무관해 보이는 각각의 주제나 목표를 가진 경우가 많다. 그러나 오늘날 인류가 직면한 문제들이 복잡다단하게 상호 연관되어 있는 데다 다양한 이해관계가 얽혀 있는 탓에, 정부가 주도하는 상향식 위로부터의 접근 방식으로 쉽게 해결하지 못하는 부분을 이 운동들이 각자의 목소리를 내는 방식으로 보완해 주고 있는 것이다.

한편 앞서 다루었던 소프트웨어 독점의 문제에 있어서는 컴퓨터 역사 초창기부터 자본주의의 생리가 디지털 영역에 미치는 숙명적인 악영향에 대한 통찰을 가졌던 많은 지성과 전 세계 개발자 커뮤니티의 거센 대응 덕분에 공공성이 얼마간 지켜졌다. 핀란드의 개발자 리누스 토발즈가 주축이 되어 개발한 오픈소스 운영체제 리눅스는 유닉스나 윈도우즈 같은 상용 운영체제의 대체재가 되어 왔다. 개발 초기에는 응용 프로그램들의 호환성 문제, 책임성의 부재, 컴퓨터 지식이 부족한 대중에게는 어렵게만 느껴지는 사용자 인터페이스 때문에 고전했으나 개발자 커뮤니티의 공헌이 꾸준히 전개된 덕분에 이제 리눅스는 기업뿐 아니라 개인용 운영체제 시장에서도 무시할 수 없는 존재가 되었다. 리눅스 배포판에 대한 유지·보수와 컨설팅 서비스를 제공하는 레드햇Red Hat과 같은 오픈소스 소프트웨어 기업들의 성공적인 수익 모델은 이제 운영체제뿐 아니라 소프트웨어 전반으로 확장되었다. 아파치 소프트웨어 재단Apache Software Foundation의 크고 작은 프로젝트들, 모바일 기기 운영체제 안드로이드Android, 빅데이터의 하둡Hadoop, 클라우드 컴퓨팅의 오픈스택OpenStack, 파이어폭스Firefox 웹브라우저, 관계형 데이터베이스의 PostgreSQL 등은 날로 번성하는 오픈소스 소프트웨어의 생태계를 보여 주는 극히 일부 예시에 불과하다. 이들의 경쟁력이 독점 소프트웨어 시장의 아성을 무너뜨려 기업들은 앞다투어 오픈소스 프로젝트들의 후원자를 자처하게 됐으며 급기야 2017년에는 독점 기업의 대명사 마이크로소프트조차 자사 제품의 전면적인 오픈소스화는 물론 개방형 기술 표준의 사용을 선언하기에 이르렀다. 이것은 소프트웨어 공공화의 의미 있는 승리이다.

이러한 대안적 정치 세력과 개별적인 민간 운동 들이 갖고 있는 구체적인 방안이나 그것의 궁극적 성공 여부 및 의미를 이 짧은 글에서 일일이 따지지는 않겠다. 그것은 아직 현재진행형인 사례들에 대한 각고의 연구와 공부를 필요로 하는 일일 터, 독자들의 호기심에 맡겨 두겠다. 다만 이 논의의 시사점은 이들이 결국 사회적 불평등을 해소 혹은 그에 저항하려는 방향을 취하고 있으며 오늘날 경제 이념이 차지한 가치 체계로서의 지위를 박탈함으로써 그러한 방향 전환을 이루어 내고 있다는 점이다. 나는 이러한 지형 변화가 어떠한 경제 시스템도 극단으로 흐를 때 정치적 불안정과 반작용을 불러일으킨다는 점, 그리고 다수의 구성원이 수긍할 수 있는 분배 정의를 통해 사회의 근원적 지지를 받지 못한다면 자유 시장은 붕괴할 수도 있다는 점을 명징하게 보여 준다고 생각한다.

소수가 아닌 다수를 위해

최신 디지털 기술에 정통한 영국의 인문학자 마틴 폴 이브는 디지털 보안에 관한 그의 저서 『패스워드』에서 "내가 아내를 믿는다면 질투심에 사로잡힌 애인처럼 그녀에게 세세한 일정표를 요구하지는 않을 것"이며 "인증 기관에 공개 키의 인증을 요구하고 그 요구가 충족되었다고 해서 진정한 의미의 신뢰를 구축했다고 할 수는 없"다며 오늘날의 공개 키 메커니즘과 그에 대한 인증 기관의 보증이 디지털 보안 침해 문제의 궁극적 해결책이 될 수 없음을 지적했다.

그렇다. 어떤 문제의 궁극적인 해결책은 현상의 억제가 아니라 원인의 제거일 터이다. 식민주의와 패권적 외교 정책을 유지하는 국가가 국경을 따라 장벽을 세운다고 난민과 테러리스트의 유입을 근원적으로 차단할 수는 없을 것이며(미국의 45대 대통령 도널드 트럼프의 대선 공약이었다) 강력한 진통제만으로 우리 몸의 암 덩어리를 완치할 수도 없는 법이다. 사회의 정당성이 확보되지 않은 상황에서 보안 기술이 다수의 이해 및 공공의 안전을 위하기보다 자원의 독점을 공고히 하고 사유화를 심화하려는 목적으로 사용될 때, 무서운 속도로 발전하는 해킹 기술에 쫓기는 처지가 되어 버린 방어 기술을 그때그때 고안해 대응하는 것은 미봉책에 그칠 것이다. 오늘날 산업화된 해킹의 근본 원인 중에 사회적 불평등이 있다면, 이 불평등을 해소해야만 해킹의 산업화를 궁극적으로 완화할 수 있을 것이다. 우리에게 필요한 것은 거창한 기술적 해법이나 물질적 투자보다도 사회의 정당성과 정의라는 주춧돌을 바로 놓는 일이며 상실된 가치와 빈곤한 철학을 회복하려는 노력이다. 그럼으로써 마침내 사회는 해커들로부터 그들 행위의 명분을 박탈하고 그들의 양심과 인간적 품위에 호소할 수 있게 될 것이다.

매카시즘의 선전과는 달리 많은 민주주의 국가의 헌법은 국가가 어떤 일방의 경제 이념을 택할지를 특정하지 않는다. 예컨대 경제 질서에 관한 대한민국 헌법 제119조 2항은 "국가는 균형 있는 국민경제의 성장 및 안정과 적정한 소득의 분배를 유지하고, 시장의 지배와 경제력의 남용을 방지하며, 경제 주체 간의 조화를 통한 경제의 민주화를 위해 경제에 관한 규제와 조정을 할 수 있다"고 말한다. 우리는 헌법이 수호하는 민주주의 질서 위에서 사회 구성원들의 합의를 통해 상위 1%의 부자와 엘리트, 거대 기업 같은 소수의 이익이 아닌 다수의 행복을 대변하는 다양한 경제정책을 혼합해야 할 것이며 그 과정에 수반되는 사회적 모순들을 방치하거나 약자의 일방적인 희생을 강요해서도 안 될 것이다. 어떤 경제 이념을 사회의 주된 기조로 삼을지라도 그것의 오류, 한계, 모순, 실패의 가능성을 인정하고 정반합의 과정을 거칠 때, 그것에 수단을 넘어선 목적의 지위를 부여하기를 당당히 거부할 때, 비로소 사회의 공정하고 지속적인 번영은 물론 디지털 세상의 안전도 도모할 수 있을 것이다.

그림 목록 _____

원주 _____

서론 __ 패스워드와 그 한계

1   Tung-Hui Hu, *A Prehistory of the Cloud* (Boston, MA: MIT Press, 2015),
    p. xviii.

2   이 불완전한 가정들을 더 상세히 설명한 문헌으로는 Peter Wisse, "Semiotics
    of Identity Management", Karl de Leeuw and Jan Bergstra eds., *The
    History of Information Security: A Comprehensive Handbook* (Amsterdam:
    Elsevier, 2007), pp. 167~196을 참조하라.

3   3장의 '단방향 해시 알고리즘'에 관한 절에서 이 시간성에 얽힌 딜레마를 다룰
    것이다.

4   M. Atif Qureshi, Arjumand Younus and Arslan Ahmed Khan, "Philoso-
    phical Survey of Passwords", *arXiv Preprint arXiv:0909.2367* (2009), 11,
    http://arxiv.org/abs/0909.2367.

5   Aeneas Tacitus, *Aineiou poliorketika. Aeneas on Siegecraft*, trans. L. W.
    Hunter and S. A. Handford (Oxford: Clarendon Press, 1927), p. 61. 뒤에서
    더 자세하게 다룰 이중 요소 인증은 피인증자가 패스워드를 알고 있음은 물론
    특정한 물건을 지니고 있을 것을 요구하는 인증 방식이다. 은행 카드는 이중 요
    소 인증의 좋은 예인데 사용자는 개인 식별 번호Personal Identification Number:
    PIN를 알고 있는 동시에 해당 카드를 지니고 있어야 한다.

6   Robert McMillan, "The World's First Computer Password? It Was
    Useless Too", *WIRED*, 27 January 2012, http://www.wired.com/2012/01/
    computer-password.

7   2015년 4월에 패스스페이스에 관해 대화를 나눌 수 있었던 점에 제미마 매튜
    스에게 고마움을 전한다.

1 __ "거기 누구냐?" 군대, 언젠가는 깨질 패스워드

1   조 브루커가 논평한 내용이다.

2 인증authentication이 보통 피인증자가 스스로 주장하는 신원을 갖고 있는지를 확인하는 과정인 반면 허가authorization는 피인증자가 시도한 행위를 할 권한을 갖고 있는지를 확인하는 과정이다.

3 Arthur Evans, *The Palace of Minos at Knossos: A Comparative Account of the Successive Stages of Early Cretan Civilization as Illustrated by the Discoveries at Knossos*, vol. 2 (London: Macmillan and Co., 1921), pp. 60~92.

4 A. Shand, "The Occupation of the Chatham Islands by the Maoris in 1835: Part II, The Migration of Ngatiawa to Chatham Island", *The Journal of the Polynesian Society*, Vol. 1 No. 3 (1892), pp. 154~163.

5 Jonathan Haas, "Warfare and the Evolution of Culture", G. M. Feinman and T. D. Price eds., *Archaeology at the Millennium: A Sourcebook* (New York: Kluwer Academic/Plenum, 2001), p. 343.

6 Eva Horn, "Logics of Political Secrecy", *Theory, Culture & Society*, Vol. 28 Nos. 7~8 (1 December 2011), p. 104, doi:10.1177/0263276411424583.

7 앞서 인용한 에바 혼의 저서에서 큰 도움을 받았다.

8 위의 내용 모두 에바 혼의 "Logics of Political Secrecy", *Theory, Culture & Society*, Vol. 28 Nos. 7~8, pp. 104~109를 참조했다.

9 Tacitus, *Aineiou poliorketika. Aeneas on Siegecraft*, p. 61.

10 *Ibid.*, pp. 47, 63.

11 더 상세한 내용은 다음을 참조하라. Jason Andress, "Chapter 5: Cryptography", *The Basics of Information Security*, 2nd edn (Boston: Syngress, 2014), pp. 69~88, http://www.sciencedirect.com/science/article/pii/B9780128007440000051.

12 '두 번째 경로'란 실제의 메시지를 보내기 이전에 해당 메시지를 해독하는 방법에 관한 공유된 비밀을 수신자에게 알려 주어야 할 필요성을 의미한다는 것을 기억하라.

13 Tacitus, *Aineiou poliorketika. Aeneas on Siegecraft*, p. 75.

14 *Ibid.*, p. 63.

15 *Ibid.*, p. 77.

16 영화 「붉은 10월」The Hunt for Red October, 1990을 떠올려 보라.

17 Tacitus, *Aineiou poliorketika. Aeneas on Siegecraft*, p. 61.

18 Janet Abbate, *Inventing the Internet* (Cambridge, MA: The MIT Press, 2000), pp. 144~145.

19 *Ibid.*, p. 77.

20 다음을 참조하라. Jennifer Wilcox, "Solving the Enigma: History of the Cryptanalytic Bombe", *Center for Cryptologic History, National Security*

Agency (2006), p. 3, https://www.nsa.gov/about/_files/cryptologic_heritage/ publications/wwii/solving_enigma.pdf. 이는 3,000,000,000,000,000,000,0 00,000,000,000,000,000,000,000,000,000,000,000,000,000,000,000,000,0 00,000,000,000,000,000,000,000,000,000,000,000,000,000,000개의 패스 워드에 해당한다. 이 절의 많은 부분은 제니퍼 윌콕스의 훌륭한 설명에서 도움 을 받았다.

21 주로 영화 「이미테이션 게임」을 두고 하는 말이다. 튜링의 노력과 지능이 대단 했던 것은 사실이지만, 이 영화는 팀의 협업에 비해 특정 개인의 공헌을 다소 과장한 감이 있다.

22 동시에 사용되는 회전 장치는 세 개뿐이었으나, 그 회전 장치들이 어떻게 선택 되는지 알아내는 것이 불가능했기 때문에 결국 암호화 키는 비약적으로 복잡 해졌다.

23 더 정확히 표현하면 '개연성 높은 평문 공격'probable-plaintext attack이다.

24 F. H. Hinsley, *Codebreakers: The Inside Story of Bletchley Park* (Oxford: Oxford University Press, 2001), p. 121.

25 Randall Monroe, "Xkcd: Security", *Xkcd*, 2009, https://xkcd.com/538/.

26 Clark Boyd, "Profile: Gary McKinnon", *BBC News*, 30 July 2008, sec. Technology, http://news.bbc.co.uk/1/hi/technology/4715612.stm.

27 Bruce Schneier, "All or Nothing", *CSO*, February 2007, p. 20.

2 _ 특수 문자 문학과 종교에 나타난 패스워드

1 이 중에는 아라비아 지방에서 유래한 이야기들이 있을 수 있지만 『천일야화』 의 원본에는 포함되어 있지 않다.

2 John Payne, *Alaeddin and the Enchanted Lamp* (London: Villon Society, 1889), chap. Introduction.

3 Richard M. Stallman, "Did You Say 'Intellectual Property'? It's a Seductive Mirage", *Gnu.org*, 20 April 2015, https://www.gnu.org/philosophy/not-ipr. en.html.

4 아르네-톰프슨 민화 분류 체계는 다양한 문화권의 민화·동화의 줄거리상 유 사성을 추적해 분류한 것이다.

5 닥터 후의 이름은 아직까지 시청자에게 공개되지 않았으나, 팬 사이트들을 통 해 끊임없이 이름에 대한 힌트들이 논해지고 있으니 관심 있는 독자는 찾아보 기 바란다.

6 영국에서 최초로 출판된 판본의 제목이다. 미국에서는 *Harry Potter and the Sorcerer's Stone* (해리 포터와 마법사의 돌)이라는 제목으로 출판되었다.

7 교장실의 패스워드는 다음과 같이 과자 이름들을 포함한다. '산성 캔디', '바퀴

벌레 과자', '피징 위즈비', '레몬 캔디'. 기숙사의 패스워드는 다음을 포함한다. '금주', '허튼소리', '바나나 튀김', '싸구려 장식', '캐풋 드레이코니스', '딜리그라 우트', '요정의 불빛', '수다쟁이', '포르투나 소령', '밈뷸러스 밈뷸토니아', '오드 스보디킨스', '돼지 코', '순수 혈통'(슬리데린 기숙사), '쿼드 아지스', '야비한 겁 쟁이', '촌충', '초콜릿 슈크림', '칠면조'. 반장 욕실의 패스워드는 '어린 소나무' 이다.

8   『해리 포터』 시리즈에서 파셀텅을 쓸 수 있는 인물은 다음과 같다. 비열한 허 포, 마볼로 곤트, 모핀 곤트, 해리 포터, 메로프 리들, 톰 마볼로 리들(볼드모트 경), 살라자르 슬리데린.

9   J. K. Rowling, Open Book Tour, 19 October 2007, http://www.the-leaky-cauldron.org/2007/10/20/j-k-rowling-at-carnegiehall-reveals-dumbledore-is-gay-neville-marries-hannahabbott-and-scores-more.

10   『해리 포터』 세계에서 고급 마법사들은 비언어적인 주술을 쓸 수 있지만, 모든 학생은 주문을 외는 것부터 배운다.

11   뒤에서 다루겠지만 마법사나 마녀의 신원을 갖추는 것은 단순한 문제가 아니 다. 롤링은 마법사의 혈통을 갖고 있지만 마법의 재능을 갖추지 못한 인물들을 스큅squib이라는 유형으로 정의한다.

12   다음은 이에 대한 최고의 논서 중 하나이다. Walter J. Ong, *The Presence of the Word: Some Prolegomena for Cultural and Religious History* (New Haven, CT: Yale University Press, 1967).

13   크리스토스 하드지오아누가 논평한 내용이다.

14   Scott B. Noegel, "'Sign, Sign, Everywhere a Sign': Script, Power, and Inter-pretation in the Ancient Near East", Amar Annus ed., *Divination and Interpretation of Signs in the Ancient World*, Oriental Institute Seminars 6 (Chicago: Oriental Institute of the University of Chicago, 2010), p.149.

15   Geraldine Pinch, *Magic in Ancient Egypt*, rev. edn (Austin: University of Texas Press, 2009), p.69.

3 _ 디지털 시대의 P455W0RD5

1   이러한 은유들이 혼동되는 방식을 더 상세히 보려면 다음을 참고하라. Alan Liu, *The Laws of Cool: Knowledge Work and the Culture of Information* (Chicago: University of Chicago Press, 2004), p.76.

2   공간과 관련된 이런 은유들에 관해 더 많은 정보를 주는 여러 문헌이 있다. 법 적 해석으로는 다음을 참조하라. Mark A. Lemley, "Place and Cyberspace", *California Law Review*, Vol.91 No.2 (1 March 2003), pp.521~542, doi:10. 2307/3481337.

3 Liu, *The Laws of Cool*, p.42.

4 수학적·컴퓨터과학적 접근에 대한 더 상세한 내용은 다음을 참조하라. 이 장의 많은 자료를 이 책들에서 인용했다. Bruce Schneier, *Applied Cryptography: Protocols, Algorithms and Source Code in C* (New York: John Wiley & Sons, 1995); Alfred J. Menezes, Paul C. van Oorschot and Scott A. Vanstone, *Handbook of Applied Cryptography* (Boca Raton: CRC Press, 1996).

5 초당 키를 8,783,000번 입력할 수 있다는 가정 하에 그렇다. 수치는 다음에서 참고했다. http://calc.opensecurityresearch.com/.

6 지면 한계로 깊이 논하지는 않겠지만, 이 유형의 공격에 대한 방어책으로 'salt' 라는 것이 있다. 이는 해시 값에 어떤 문자열을 덧붙이는 알고리즘을 여러 번 실행함으로써 공격을 무력화하는 것이다.

7 Marc Stevens, "Single-Block Collision Attack on MD5", *IACR Cryptology ePrint Archive* (2012), p.40, http://citeseerx.ist.psu.edu/viewdoc/download?doi=10.1.1.400.7023&rep=rep1&type=pdf.

8 Bart Preneel, "The First 30 Years of Cryptographic Hash Functions and the NIST SHA-3 Competition", Josef Pieprzyk ed., *Topics in Cryptology: CT-RSA 2010*, Lecture Notes in Computer Science 5985 (Berlin, Heidelberg: Springer, 2010), p.30, http://link.springer.com/chapter/10.1007/978-3-642-11925-5_1.

9 한편으로는 총으로 위협받고 동시에 매춘부에게 오럴 섹스를 받으면서 그는 턱없이 부족한 시간 내에 해킹을 성공하도록 강요받는다.

10 '앨리스', '밥', '이브'는 암호학 분야에서 개념 설명을 위해 주로 사용하는 이름 이다.

11 특히 해로운 수사들은 다음을 참조하라. Robert David Steele, *The Open-Source Everything Manifesto: Transparency, Truth, and Trust* (Berkeley, CA: Evolver, 2012).

12 "Fake DigiNotar Web Certificate Risk to Iranians", *BBC News*, 5 September 2011, http://www.bbc.co.uk/news/technology-14789763; Bruce Schneier, "VeriSign Hacked, Successfully and Repeatedly, in 2010", *Schneier on Security*, 3 February 2012, https://www.schneier.com/blog/archives/2012/02/verisign_hacked.html.

13 『해리 포터』 시리즈의 레질리먼시legilimency와 오클러먼시occlumency 마법과 도 연관된다.

14 Russell Brandom, "The Plot to Kill the Password", *The Verge*, 15 April 2014, http://www.theverge.com/2014/4/15/5613704/theplot-to-kill-the-

password.

15 Anil K. Jain, Ruud Bolle and Sharath Pankanti, "Introduction to Biometrics", Anil K. Jain, Ruud Bolle and Sharath Pankanti eds., *Biometrics: Personal Identification in Networked Society*, The Kluwer International Series in Engineering and Computer Science, SECS 479 (Boston: Kluwer, 1999), pp.1~42.

16 "Borrowed Biometric Bypass", *TV Tropes*, accessed 9 May 2015, http://tvtropes.org/pmwiki/pmwiki.php/Main/BorrowedBiometricBypass.

17 Yari Lanci, "Remember Tomorrow: Biopolitics of Time in the Early Works of Philip K. Dick", Alexander Dunst and Stefan Schlensag eds., *The World According to Philip K. Dick: Future Matters* (New York: Palgrave Macmillan, 2015), p.111.

4 _ 신원

1 United Kingdom, *Theft Act 1968*, accessed 23 May 2015, http://www.legislation.gov.uk/ukpga/1968/60/crossheading/definition-of-theft.

2 Jaron Lanier, *You Are Not a Gadget: A Manifesto* (London: Penguin Books, 2011), p.102.

3 내부의 처리 방식이 알려지지 않은 OCR 메커니즘과 특허 기술들을 바탕으로 한 구글북스의 '말뭉치'는 이런 종류의 데이터를 수집하는 데 이상적인 원천은 아니다. 그러나 이로 인한 오류들이 말뭉치 전반에 걸쳐 평준화되어 있을 것이라는 가정이 유효하다면 이는 여전히 '신원 절도' 용어 사용 사례의 비약적인 증가를 입증한다고 할 수 있다.

4 United Kingdom, *Fraud Act 2006*, accessed 31 May 2015, http://www.legislation.gov.uk/ukpga/2006/35/contents.

5 디지털 위생에 관한 더 상세한 내용은 다음을 참조하라. Tung-Hui Hu, *A Prehistory of the Cloud* (Boston, MA: MIT Press, 2015).

6 헷갈리게도 고해성사를 집전하는 사제는 'confessor'(고해자), 자신의 죄를 고해하는 사람은 'penitent'(회개자)라고 부른다.

7 푸코는 이러한 유형의 진실 말하기를 고대의 파레시아parrhesia 실천과도 연관 짓는다. 다음도 참고하라. Elizabeth Markovits, *The Politics of Sincerity: Plato, Frank Speech, and Democratic Judgment* (University Park, PA: Penn State University Press, 2008).

8 Umberto Eco, *The Role of the Reader: Explorations in the Semiotics of Texts* (Bloomington, IN: Indiana University Press, 1997), p.85.

9 Theodor W. Adorno, *Negative Dialectics*, trans. E. B. Ashton (London:

Routledge, 1973), p.5[『부정변증법』, 홍승용 옮김, 한길사, 1999, 57쪽].

10　Lanier, *You Are Not a Gadget*, p.50.

11　Ludwig Wittgenstein, *Preliminary Studies for the 'Philosophical Investigations'(Blue and Brown Books)* (Oxford: Blackwell, 1972), p.69.

12　Antonia Farzan, "If You've Recently Done One of These 3 Things, You're at a Higher Risk for Having Your Identity Stolen", *Business Insider*, 5 July 2015, http://www.businessinsider.com/highest-risk-of-identity-theft-2015-7.

찾아보기 ___